AF583305

# EL ALPINISTA EVENTUAL Y OTROS RELATOS ASCENDENTES

ExLibric

DANIEL SÁNCHEZ CENTELLAS

# EL ALPINISTA EVENTUAL Y OTROS RELATOS ASCENDENTES

EXLIBRIC
ANTEQUERA 2020

**EL ALPINISTA EVENTUAL Y OTROS RELATOS ASCENDENTES**



Diseño de portada: Dpto. de Diseño Gráfico Exlibric

Iª edición



Editado por: ExLibric
c/ Cueva de Viera, 2, Local 3
Centro Negocios CADI
29200 Antequera (Málaga)
Teléfono: 952 70 60 04
Fax: 952 84 55 03
Correo electrónico: exlibric@exlibric.com
Internet: www.exlibric.com



ISBN: 978-84-18230-98-1
Depósito Legal: MA-894-2020

Nota de la editorial: ExLibric pertenece a Innovación y Cualificación S. L.

DANIEL SÁNCHEZ CENTELLAS

# EL ALPINISTA EVENTUAL Y OTROS RELATOS ASCENDENTES

# Prólogo

Cuando durante una entrevista le preguntaron a Chantal Mauduit, la célebre alpinista francesa, sobre el porqué de su afición, esta respondió: «Persigo la felicidad, y la montaña responde a mi búsqueda». Ascender, escalar, subir, es ir de peor a mejor. En ocasiones, sentimos la vida como algo complicado, de difícil tránsito, y deseamos un remedio que, con poco esfuerzo, nos permita resolver fácil y rápidamente los problemas o contratiempos que van surgiendo, como si, qué ilusos, pudiéramos controlar nuestro destino. Pero en el mundo real (y en la literatura), la fortuna y el desastre, el bien y el mal, son conceptos que se oponen de manera constante, como blancas y negras sobre un damero.

Daniel Sánchez Centellas se sumerge en el océano de la escritura para ofrecernos cuatro relatos sobre el sentido de la vida, donde lo correcto y lo incorrecto se enfrentan en una continua dualidad.

Mediante una prosa inteligente, sensible y, por momentos, irónica, el autor despliega su elaborada técnica y nos presenta cuatro historias perfectamente entretejidas en las que, como afirma el protagonista de uno de los relatos, la poesía está en la vida.

No faltan las referencias literarias; de hecho, su pasión por la literatura queda patente con alusiones directas a obras, personajes que optan por vivir antes que por soñar (Segismundo, el pescador poeta) o cierto humor negro que recuerda a los *Crímenes imperfectos* de Max Aub.

*El alpinista eventual y otros relatos ascendentes* nos permite como lectores subir a cumbres de ficción sin escapar de la realidad, porque, como dicen los escaladores, la vida se ve mejor desde arriba.

Carlos A. Torres

# El alpinista eventual

Pedro Téllez transitaba por la autovía hacia Madrid manteniendo un ritmo fijo y maquinal, convirtiendo sus sentidos y su atención en un elemento más del vehículo o, si acaso, del proceso de movimiento a través de una encapotada Mancha. Estaba realizando su último viaje, o eso al menos creía él. No era exactamente una huida (eso también creía él), sino un plan trazado con bastante previsión. Un plan para su limpia y perfecta autoeliminación.

Si no quisiéramos saber más, quizás acabase aquí la historia. Otro suicida más, otra alma partida incapaz de soportar las horas, minusválida para aguantar más contrariedades o, simplemente, exhausta de la inconformidad entre su esencia y las exigencias y necesidades de un mundo normal, correcto, administrativo, comercial, jurisprudente, aceptable en injusticias, insuficiente en sueños; hastiada de compañías que ofrecían la felicidad que nunca iba a ser capaz de colmar, exigiendo siempre algo más.

Las causas de esa decisión y de la planificación de este suicidio podrían parecernos quizás trascendentes, quizás ridículas, quizás sobrellevables. A más de uno o una quizás le partiese el corazón saber del proceso de autodestrucción de un ser humano, mientras otros no lo podrían considerar más que como un miserable cobarde que había escogido lo más fácil: la escapada final. Estas consideraciones ya daban igual; la cosa estaba prácticamente decidida y dirigirse a ese fin perfectamente planificado no podía considerarlo una huida, sino una ida a una cita ineludible.

Al menos sería veraz, escogida desde su más honda convicción. Una cita consigo mismo y con su propio juicio de su persona. Esa noción de lo correcto, de un deber que cumplir por encima de la estupidez de tantas normas y tantas estúpidas reglas, corsés y normativas, le hacía manejarse con completa ausencia de emociones. Estaba (lo tenía así asimilado) llevando a cabo un gesto máximo de libertad por encima, muy por encima, de cualquier consideración de nadie ni de ninguna ley artificiosa. Él sería su juez y parte, su inquisidor, su defensor, su fiscal, su torturador y su verdugo. En cierto modo, iba a estar por encima del bien y del mal. Eso le daba una extraña paz y una ausencia de lástima total. Al menos durante ese momento. Al menos durante esa jornada.

Qué alegría conducir un coche de segunda mano anterior al 2003, un coche sin artilugios ni configuraciones, desconectado, ausente de balizas electrónicas de cualquier tipo. Un coche que lo mantenía tan aislado como quería estar del resto del mundo y como durante tantos años se había sentido. Pero ahora abrazaba esa condición como una especie de beatífico estado que solo le podía llevar a la autoeliminación más eficaz, más limpia, mejor calculada que, según él pensaba, jamás se había podido llevar a cabo.

Llevaba cuatrocientos kilómetros de conducción sin parar, en completo silencio. Estaba solo con sus pensamientos y las sensaciones proporcionadas por los destellos del amanecer, con la visión de los frentes nubosos descargando trombas de agua o la de haces dorados de luz solar rasgando entre las capas de nubes, que le aportaban la paz que andaba buscando a pesar del dolor de sus nalgas por aguantar tanto tiempo sentado. Todo ese ambiente, todas esas condiciones y estímulos, cocido él en su propia salsa, mientras realizaba un esfuerzo legendario, imperturbable ante las gruesas cortinas de lluvia que amedrentarían al más experimentado conductor. Todo eso había conseguido reafirmarle en su decisión y así pensaba: «Si estoy llegando hasta aquí, si todo progresa tan bien a pesar del tiempo y las malas condiciones en que me encuentro, debe de ser sin duda un signo por sí mismo de que debo seguir». Esta era una frase que utilizaba a menudo para sobreponerse ante cualquier adversidad, pero ahora la aplicaba, paradójicamente, para sucumbir definitivamente, harto de adversidades.

Como puede suponerse, había escogido un lugar lejano para desaparecer definitivamente, un lugar cuyo acceso nadie podría imaginar y cuya trayectoria nadie, nadie en absoluto, podría sospechar. Él no solía dejar diarios, agendas ni escritos de ningún tipo que pudieran dar pistas de algo. Quizás, en casa, ella ya hubiese avisado a la policía, quizás no. Aún estaba en el límite horario de lo que podía considerarse una desaparición denunciable. Tenía por seguro que ese límite de tiempo, en el que probablemente una patrulla de policía pudiese identificar su matrícula, sería el límite de acción para obrar con libertad. Luego quizás tuviese que cambiar de medio. A menudo pensaba en lo que leyó en la novela *El hombre que miraba pasar los trenes*, de George Simenon, pero sabía a ciencia cierta que no haría lo mismo. No, no haría lo mismo. Él, como buen mediterráneo, iba a ser más radical, menos decadente y hasta más genial e imaginativo. Así pensaba firmemente Pedro sobre sí mismo y al compararse con historias que no sabía con seguridad si habrían acontecido en el mundo real.

Mientras rebasaba Madrid por la circunvalación de la M-60 iba pensando en cada uno de los pasos que había llevado en su razonamiento. Pensaba que solo por eso ya merecía la pena llevar a cabo, sí, su perfecto suicidio. Sin duda, era un plan maestro y la lástima sería que pocos detalles podría dejar tras de sí, ya que si dejaba demasiados podían localizar su cadáver y ensuciar su fin perfecto. Había pensado, por supuesto, en horcas y tiros, pero el principal inconveniente era que estaba el engorroso lío de un cadáver, un cuerpo que reconocer, almacenar, visitar, incinerar o enterrar. Un engorro que hacía el asunto tremendamente egoísta porque, en efecto, les dejaba un muerto a los demás. Por otra parte, sabía positivamente que podía fallar, el porcentaje de intentos de suicidio por un mal ahorcamiento o un tiro errado no era despreciable, y él no podía permitirse esa imperfección. Menos aún pudiendo suponer un final en un estado de lisiado o parapléjico de por vida, que le llevaría a un final menos deseado y peor que la propia muerte, con casi ninguna posibilidad de corregirlo con una nueva inmolación. ¿Cómo la llevaría a cabo en una silla de ruedas y vigilado? Solo faltaría que en ese estado volviese a fallar de nuevo. No, había que hacerlo bien e irreversiblemente desde el principio.

Saltar desde una altura tampoco era garantía de nada; podía sobrevivir a la caída, podía incluso acertar en un inocente transeúnte y, por supuesto, quedaba de nuevo el tema del cadáver o, peor aún, una masa informe y harto repugnante en la que se convertiría su propia persona. No, no era posible que quedase algo tan sucio y chapucero. Si es que pudiese tener éxito. Un asomo de fracaso, por pequeño que fuera, había que evitarlo. Precisamente, el fracaso podía estar en un dolor demasiado fuerte; eso provocaría un alarido desgarrador. Suponía que podría quemarse vivo. ¿Y si sus alaridos atraían a alguien y conseguía que lo apagasen? Quedaría quemado, desfigurado, lisiado y sometido a innumerables operaciones para el resto de sus días. No, no podía permitirse eso. Necesitaba muerte, pero no horror. Así de limpias se proponía las cosas. Como así de limpias había intentado buscar las soluciones en su vida sin éxito alguno. Paradójicamente, iba a conseguir la máxima limpieza con su muerte. ¿Conseguiría el anhelado éxito? Descartó morir envenenado, o quizás solamente envenenado en alguna parte donde lo pudiesen encontrar. De nuevo aparecía el molesto, estúpido, odioso y caro cadáver. ¿Por qué cuesta tanto deshacerse de un cuerpo? ¿Por qué tenía que resultar tan caro el servicio fúnebre? Le horrorizaba que se hiciese negocio de algo como era el último rastro de uno mismo. Era quizás más depravado que la propia muerte. O incluso la autopsia, el juego médico de hurgarle a uno cuando ya no podía defenderse de esos matasanos, la desfachatez de esos mecánicos de la biología en tener que certificar la muerte. ¿Permitir eso? ¡Jamás! Su muerte era suya y nadie tenía por qué certificar nada. Por eso iba a ser de manera suprema y superlativa, su acto máximo de libertad. Ningún juez levantaría cadáver alguno, cosa que siempre había abominado, porque, para él, ¿quién diablos representa un juez? ¿Un ser humano que se equivoca igual que cualquier otro? Porque eso es tan cierto como que sale el sol. No deseaba que por nada del mundo esos dos gremios le pusieran las zarpas encima. Su muerte estaría por encima de ellos.

Ningún cuerpo detrás: esa era la premisa, esa era la filosofía. Entre las opciones podía pensar en la muerte en el mar por ahogamiento y quizás alguna otra de similar cuño. La muerte por ahogamiento tenía dos grandes inconvenientes: la posibilidad de ser rescatado por el eventual paso de alguna embarcación y la posibilidad de que el cuerpo flotase o fuese rescatado de las profundidades ¿por un pesquero de arrastre quizás, lleno de plástico y enredado con una tortuga de mar también muerta? Lo más seguro era que sería así, si fuese ese el caso. Esta constituía otra pequeña probabilidad que no deseaba explorar o, peor aún, que no deseaba que su cadáver explorase por él. No había encontrado en noticias o informe ningún caso de este estilo, pero la posibilidad teórica de que algo así pasase ya le hizo desistir. Tenía que ser algo más perfecto.

¿Qué le podía quedar para una desaparición completamente certera y segura? Era posible que se le escapase algún detalle en la última baza que tenía y que estaba llevando a cabo, era posible que su razonamiento no fuese tan depurado como él pensaba, pero a estas alturas tenía algo en su mente y ya en curso que parecía finalmente infalible. Es cierto que Pedro había hecho gala de gran inteligencia y los brillantes resultados de sus estudios así lo avalaban, pero ahora no nos íbamos a parar en cuál fue su formación ¡si igualmente se iba a suicidar! ¡Qué más daría! Lo cierto era que lo había pensado bien.

Sentía calambres en las piernas por conducir sin parar. Había pasado ya Madrid y ahora una presión en la vejiga, ya intolerable, le forzaría a parar. Otro tipo de muerte que debía evitar a toda costa era la típica muerte del automovilista suicida o accidental, que sería peor aún: ni muerte segura ni limpieza ni garantías de nada, por lo que incluso el accidente debía evitarlo. Además, ya lo sabía él por cómo había muerto un familiar suyo en carretera, el resultado es horripilante, grotesco, vomitivo: huesos atravesando la carne, miembros quebrados y retorcidos contra natura, ojos salidos de las órbitas, sangre y formas grotescamente machacadas que dejan todo en un estado deplorable. Los efectos de un impacto a gran velocidad, evidentemente, no resultaban nada elegantes y el peligro para inocentes era completamente inaceptable y más horripilante que el propio esperpento del cadáver destrozado y sanguinolento. No permitiría por nada del mundo tener un accidente de tráfico en ese tránsito. No, debía evitarlo. Y debía volver a cierta coherencia. Por eso pararía en la gasolinera, venta o cafetería de carretera más propicia, aquella que le permitiese volver a la ruta sin demasiados problemas. Eso tenía que verse en seguida, y si no se veía debía rechazar la parada por otra más hábil más adelante. En el pasado se había encontrado muchas veces paradas en gasolineras cuyo acceso se le hacía complicado o confuso. Debía evitarlas a toda costa. Podía parecer una manía, una paranoia más de las típicas de su carácter, que lo habían llevado a ese estado mental, hasta esa lamentable fijación por el suicidio. Pero para él, porque era como pensaba y no de otra manera, tenía que ser así, tenía que haber una entrada y una salida sencillas. No podía perder demasiado tiempo en buscar la rotonda, el acceso o el camino. No, no, eso no.

Por fin encontró un área de servicio que se veía desde lejos, como él quería. La carretera, en descenso, le permitió ver el lugar y deceleró avisando la maniobra con suficiente antelación. Todo normal. Estacionó, se bajó del coche y lo cerró como haría cualquier otro, excepto en su mirada entre plácida y odiosa.

Odiaba este mundo, que le había forzado a esto, y a la vez odiaba tener que odiar. La saturación de sentimientos que le asaltaban al ver a cualquier ser humano le llegaba a provocar hasta dolor de cabeza. Estaba pensando en volver a meterse en el coche, pero se imponía la parada por simples motivos prácticos y fisiológicos que debía atender en el servicio de la gasolinera. No obstante, le pareció más urgente repostar y se empleó en ello con toda la premura posible mientras le acuciaba la presión en la vejiga. Solo serían dos minutos más y así se quitaba un agobio. Mientras, pensaba para sí en las pocas ganas que tenía de pedir la llave de los servicios al encargado.

Tuvo suerte; el acceso a los baños era libre y además le resultaron bastante limpios. Por un momento pensó en las limpiadoras de esos baños. Pensó que las vidas de esas mujeres le estaban dando una lección, que ellas podrían llegar a tener problemas mucho más graves por sus típicos errores de juventud y solo haber llegado a eso por no «haber sentado la cabeza» a tiempo mientras estudiaban. Pensaba, en una completa suposición llena de prejuicios, incluso que esa gente era tan desgraciada que su propia ignorancia le impedía hasta saber de dónde venían sus males. Y él, sin embargo, habiendo analizado concienzudamente su vida, con todos sus problemas, y sabiendo el origen de todos ellos, era incapaz de solucionarlos o sobrellevarlos. A menudo pensaba en esa especie de discapacidad con respecto a aquellos que consideraba simple lumpen. Sin embargo, lo peor vino cuando salió del lavabo al café de la gasolinera: la gente, gente sencilla, gente de carretera que se contentaba con ver cuatro bobadas o el fútbol por la televisión, que comentaba con el compañero o el camarero, le causaba una creciente y enfermiza irritación, más aún en ese preciso momento, en el que decidía y necesitaba desprenderse de la Humanidad. Era el tipo de gente que más le descolocaba y le hacía sentir rabioso de este mundo. Según su punto de vista, era el mismo tipo de gente que permitía que todo continuase como continúan las cosas con su pensamiento conformista y su voto tradicional, manipulado y caracterizado por todos sus temores y odios. Él también tenía temores y odios, pero antes de regalárselos a un político o siquiera a un sistema prefería acabar con eso de la forma más drástica que podía, dado que ni podía cambiar el sistema ni convertirse él mismo en opción política. Pensaba de manera paradójica, por supuesto. En ese estado de cuasi enajenación una cavilación continua, obsesiva e inconfesable le llenaba todo su pensamiento. Al final a lo único que llegaba era a una divagación. Pasaba del odio al desprecio, después a la indiferencia, más tarde a la resignación y finalmente a cierto grado de comprensión a toda la gente que le rodeaba.

—¿Qué le sirvo? —le dijo casi en tono de amonestación el camarero que estaba en la barra después de dejarle unos minutos en estado de ensoñación, esperando a que reaccionase.

Pedro se sobresaltó y casi pronunció «café con leche» automáticamente, sin ni siquiera tener ganas de ese brebaje rutinario. Casi se arrepintió de haberlo pedido; tenía más sed de algo fresco, por lo que algo caliente no le apetecía por nada del mundo. De repente se estaba dando cuenta de que le estaban apeteciendo más unas cosas que otras. ¿Por qué era así si debería importarle muy poco cualquier cosa, pues iba a acabar con su vida? Reflexionó al respecto, pues podría ser un síntoma de flaqueza. Quizás el contacto con más seres humanos no debiera ser lo más adecuado para llevar a cabo el fin que perseguía. Todo le daba vueltas y le agobiaba enormemente. Huyó; ya había descansado y se había refrescado, por lo que no tenía por qué seguir allí ni un minuto más. Salió corriendo del café tras un: «¡Eh, oiga!». Lo oyó perfectamente, pero rechazó tener que volver a ver a un impertinente así, tal como él creía. No se quedó a comprobar si le perseguían. Corrió hacia el coche, se metió, puso el contacto y arrancó como si hubiese cometido un delito.

Al cabo de unos minutos de conducción pensó que quizás había sido mala idea irse así, que no hacía más que llamar la atención y que incluso podrían haber avisado a la policía. ¿Por qué no? Un comportamiento tan extraño (pues ahora reconocía que era extraño todo lo que había hecho) podía considerarse un peligro para la conducción y debería, al menos, alertarse a la Guardia Civil. ¿Habrían pensado así? ¿Le habrían tomado la matrícula? No podía arriesgarse; había que arreglarlo aunque fuera con un parche. Pedro ya estaba buscando una salida para volver en sentido contrario y aclarar las cosas. Volvió a la gasolinera y aparcó de cualquier manera, se aproximó a la cafetería y desde las lunas tintadas de la misma el camarero que le atendió le miraba llegar con una sonrisa divertida. Al entrar le dijo desde la barra:

—¿Se ha dejado algo, caballero?

Pedro, que no tenía ganas de discutir o dar las gracias, más o menos al efecto le contestó lacónico:

—¿Cuánto le debía por el café con leche? Disculpe, me fui corriendo. Me surgió una emergencia que atender.

—Nada, hombre. No me dio tiempo casi ni a hacérselo. Se lo pudo tomar otro cliente. No se preocupe —respondió el camarero intentando restarle importancia.

—Insisto, no quería irme sin pagar —persistía Pedro en su posición.

El camarero se quedó serio y callado. Empezaba a tener la impresión de que tenía un loco ante sí. Pedro notó también que era detectado como tal. Entonces, por pura estrategia, para evitar problemas le dijo:

—Pues póngame otro café con leche, si es tan amable.

—Ahora mismo, caballero —le contestó profesionalmente el camarero como si no hubiese pasado nada.

Cuando acabó el consabido proceso de preparación, servicio y pago, el camarero, que tenía ínfulas de confesor, psicólogo y asesor, le preguntó en tono comprensivo:

—¿Se encuentra bien, caballero? Mire, se lo pregunto porque si necesita algo no se preocupe, tómese su tiempo. Si no está en condiciones para conducir, usted ya me comprenderá…

El camarero no acabó la frase para evitar ser demasiado explícito, pero fue eufemístico al mismo tiempo.

—¿Se me nota en algo? —le preguntó Pablo entonces.

El camarero afirmó con la cabeza en una expresión evidente y concesiva. Pedro rompió la seriedad de esa situación con una petición, graciosa en cualquier caso.

—Pues en ese caso póngame también un café solo, pero este bien cargadito.

El camarero rio sonoramente y se dedicó a preparárselo, empezando con ese típico giro de brazo firme y seco para abrir la cazoleta de la cafetera, seguramente italiana. Cuatro frases más, bastante intrascendentes, que dejaban entrever algo de preocupación compasiva por parte del camarero y algo de conmiseración por parte de Pedro, fueron suficientes para dispersar la idea de que pudiera ser un desequilibrado, aunque lo fuese, e irse de manera más o menos anodina. Una fugaz consideración sobre la posibilidad de que hubiera cámaras de vigilancia en el lugar del camarero le hizo tener una breve sensación de vacío por irresponsabilidad. Por eso Pedro tomó nota de todo, sobre todo de los errores cometidos. No podía dejar un rastro de gente sorprendida de aquí hasta donde quería llegar y de registros de cámara en los que aparecía un payaso cuyo rastro se perdería en dirección al norte de España. En realidad, los fracasos de su vida se asemejaban a lo que le estaba ocurriendo. Los nervios, los malditos nervios. Era como si no fuera capaz de convivir con él mismo. Y si lo conseguía en esta especie de aventura, ¿para qué debería suicidarse entonces? Cuando le asaltaban esas conclusiones intentaba no sobresaltarse, como seguramente trataba de hacer, pero, por el contrario, precisamente todo el mundo acababa dándose cuenta de eso mismo, de que estaba sobresaltado, por sus acciones y expresiones.

De vuelta a la normalidad de no hallarse entre otros seres humanos y con la calma recuperada, reemprendía el viaje en medio de sus diatribas. Le quedaba aún mucho por recorrer y no demasiado tiempo si denunciaba ella la desaparición. Era posible que una vez en las montañas del norte, incluso en búsqueda por parte de las autoridades, ya fuera difícil encontrarle. Su trayecto sería igualmente un continuo monótono, sin música, sin compañía, para ni sentir ni recordar ni desviarse. Los paisajes se hacían más verdes; el cielo, más plomizo; las temperaturas, más bajas; pero él seguía sin cambio alguno, prácticamente desafiando cualquier evento que pudiese suceder en el universo contra su propósito. Las carreteras se hacían en algunos casos más angostas, en algunos tramos algo más deteriorados, quizás como endémica señal de que se estaba llegando al olvidado norte, a lugares donde ni el turismo ni el comercio tenían interés alguno. Estaba llegando casi a lo salvaje.

Todo parecía, ahora, ir a la perfección. Hasta que apareció ella. No aquella que era la compañera de su vida, a la que abandonó, de la que se apartó desoyendo incluso a su propio instinto, sino otra «ella», que justo aparecía en su vida como una especie de pieza encajada del destino. Al presentarse en su campo de visión, quizás a unos dos o tres kilómetros de distancia, solo se podía llegar a distinguir como una figura humana indefinida que, al aproximarse, le permitió distinguir un cabello en trenzas entre castaño y rubio y unas caderas pronunciadas. Por más signos, al distinguirla se podía suponer de entrada que se trataba de una mujer, más bien una joven, de constitución fuerte. La mochila era también fácil de reconocer desde muy lejos. Luego ya pudo percibir las botas y la típica indumentaria de mochilera autostopista. Como iba en el mismo sentido que Pedro, estaba de espaldas y ella solo empezó a levantar el dedo para mostrar la típica señal de autostop cuando alcanzó a oír su coche. El automóvil aún se encontraba a unos pocos cientos de metros de la joven cuando Pedro decidió decelerar. Necesitaba, por alguna extraña razón, observarla y darse tiempo para pensar el significado de una andadura de ese tipo. Esa chica se arriesgaba claramente: estaba completamente sola en unas carreteras poco transitadas, orientada hacia un área aún más deshabitada e inhóspita de España. ¿Qué hacía allí? ¿Sería un fantasma? Aunque estuviese viva, se convertía, con lo absurdo de su aparición, prácticamente en un fantasma. Sí, así lo creía firmemente Pedro.

Sabía que si deceleraba más, la joven lo tomaría como una respuesta positiva para ser recogida y él no quería dar falsas esperanzas. Si quería seguir el camino sin interrupciones debería incluso acelerar, pero, sin saber por qué, no podía. Le asaltaban innumerables preguntas y hasta llegó a pensar en la posibilidad de que fuese una suicida como él. Pedro frenaba cada vez más. Ella giró el cuello y su expresión alegre se convirtió en una especie de ancla que aseguraba la reacción del conductor para detenerse. Pedro era una persona bastante íntegra y no podía volver a acelerar. Eso hubiese sido un juego sádico e innecesario con una persona que necesita ayuda. En medio de esa carretera del norte, sin tráfico alguno a lo largo de una recta vacía de cualquier cosa en movimiento, Pedro finalmente detuvo el coche como resultado de una mezcla entre coherencia, compasión y curiosidad, al mismo tiempo que bajaba los parabrisas de las portezuelas para observar mejor a esa esbelta pero robusta mujer. Sin embargo, lo hizo de una manera totalmente atolondrada, pues se paró más de diez metros antes de alcanzar a la muchacha. Ella volvió su cuerpo y observó sorprendida el coche. Hizo un ademán de interrogación con los hombros, volviendo a sonreír. Tenía una sonrisa contagiosa y, sí, en efecto, era hermosa, aunque Pedro no se había parado teniendo en cuenta ningún tipo de atracción física. Para acabar de despertarlo de su anonadamiento existencial, ella lo saludó alzando la mano para, acto seguido, agitarla al mismo tiempo que gritaba.

—¡Ey, hola! Decídete, colega, que como vengan por detrás te embisten.

La aseveración era muy cierta y coincidía con uno de los supuestos que Pedro quería evitar a toda costa: un accidente que lo dejase vivo. Se espabiló y se puso en marcha, metiéndose poco a poco en el arcén hasta quedarse pocos metros delante de la chica. Ella no hizo movimiento alguno. O confiaba en exceso o era muy valiente y desafiante, lo cual provocó aún más curiosidad e interés al suicida. Pedro no se movía de su asiento, seguía pensando miles de cosas, por lo que la desconocida autostopista se acercó y dio por hecha la ayuda que iba a recibir.

—Gracias, colega. ¿Dónde quieres que me siente? Bueno, mira, si no te importa dejo la mochila en el asiento de atrás y así puedo subir mejor donde tú quieras, ¿te parece?

—Claro, buena idea —contestó Pedro de manera automática.

La joven abrió la puerta trasera y dejó con cuidado la mochila en vertical, detrás del asiento del copiloto, al tiempo que añadía:

—Mira, detrás del copiloto dejo el bulto para que no te moleste. Bueno, ¿y dónde quieres que me siente? Normalmente, suele ser al lado del conductor. —Ante el silencio de Pedro, ella tomó la iniciativa—. Vale, me siento a tu lado. Así te indico mejor dónde me puedes dejar, ¿OK?

Pedro estaba cada vez más alucinado con esa chica, agradado, asombrado y hasta admirado de la fortaleza que desprendía esa joven aventurera. Encontraba demasiado prematuro hacerle preguntas de por qué estaba allí, el cómo y el cuándo de su historia, por lo que, de manera sistemática y sin meditarlo más, puso el coche en marcha, señalizó la incorporación desde el arcén aunque no pasase un alma por aquella carretera y se introdujo en el carril para proseguir el camino.

—Voy para Gijón, pero no importa donde me dejes si ya me acercas algo. ¿Te parece bien? —dijo la muchacha, aún con cierta alegría en su voz.

—Claro —respondió Pedro lacónicamente.

Ella iba con unas gafas de sol, más que indicadas para su forma de desplazarse, que al quitárselas mostraron unos ojos pardos claros, tan claros que le daban un toque casi nórdico sin dejar de ser mediterráneos. No podía decir que se quedase exactamente prendado, porque en esos momentos no quería nada en absoluto de nadie, pero sí encontró una especie de agradable sensación que hacía tiempo que no sentía.

—¿Por qué y cómo vas sola por la carretera haciendo autostop?

—Porque quiero, simplemente. Y, claro, porque puedo —le respondió ella.

La joven no dijo nada más y su silencio imperó sobre cualquier otra pregunta o posible comentario de Pedro. Al cabo de unos minutos (de hecho, solo unos pocos más desde que la recogió) Pedro se percataba con cierto desagrado de que la autostopista desprendía un rancio olor a sudor. Era natural estando días enteros en la carretera o andando los caminos. Eso le hizo callarse más que el silencio que impuso ella. No se atrevía a decirle nada más, pues temía aludir a su hedor o que se le notase al pronunciar cualquier palabra. Ella era consciente del impacto odorífero que podía estarle causando, pero se despreocupaba, porque ya se sabe de sobra que ese era el riesgo de aceptar a un autostopista. A pesar de eso y a modo de compensación por esa molestia fisiológica, fue ella quien retomó la conversación con mucha más dulzura. Por alguna extraña razón, a ella también le caía simpático el sujeto que acababa de cruzarse en su camino.

—Por cierto, me llamo Mónica. ¿Y tú?

—¿Yo? Yo me llamo Pedro.

Un par de minutos más de renovado silencio, mientras uno y otro intentaban entender a quién tenían delante, hasta que les empezó a molestar esa mudez y empezaron a preguntarse más cosas con un poco más de distensión y atrevimiento.

—¿Viajas por negocios, Pedro? Yo diría que no por un montón de motivos, que ahora no viene a cuento que te los diga. Pero ¡venga! Dime si me equivoco —dijo Mónica a Pedro.

—No, no viajo por negocios profesionales, en efecto. No obstante, sí que viajo para hacer algo importante, muy importante, que tiene que ver con mi destino en la vida.

Pedro se sorprendió de casi explicarle el plan. Mónica, por supuesto, indagó más tras esa respuesta al entrever alguna historia profunda e interesante.

—¿Tan importante como para que me lo digas así, sin que precisamente sea nada de trabajo? Se me pueden ocurrir muchas cosas. ¿Vas a ser padre? ¿Vas a recibir una herencia? No es que sea cotilla, pero si lo dices así, colega, alimentas la curiosidad de quien te escucha.

—Ya, claro, es natural. Y por eso mismo consideraría justo decirte cuál es el motivo de mi viaje —le respondió Pedro.

Mónica se acomodó en el asiento un poco más y, alzando el brazo, apoyó su codo en el reposacabezas del asiento, orientándose hacia Pedro de una manera que parecía sugerir un verdadero interés y hasta una complicidad. Mónica replicó con calma la última frase de Pedro:

—Luego se supone que en estos momentos vas a contarme ese motivo. Y me apuesto lo que sea a que no es una nadería, ¿verdad? —Pedro respondió con el típico asentimiento nasal que se suele hacer en dos tonos, lo cual divirtió más a Mónica—. ¿Entonces? ¿Me vas a explicar el motivo? ¡Vamos, digo yo! ¡Después de todo esto! —exhortó ya con un tono que mezclaba sarcasmo, paciencia y asombro.

—¡Ah, sí! ¡Claro! Pues nada, que resulta que me dispongo a suicidarme.

Hubo unos pocos segundos en los que Mónica se quedó muda y claramente sorprendida, pero la reacción inmediatamente posterior no se la esperaba Pedro. La joven estalló en una carcajada espontánea, limpia, contagiosa, que cogió por sorpresa a Pedro. Este pensó por unos segundos que podía ser una reacción histérica al choque debido a semejante información, sonrió un poco y al mismo tiempo se preguntó por qué le había revelado sus intenciones. Al no entender la hilaridad de Mónica, Pedro realizó la pregunta obvia:

—¿Qué es lo que encuentras tan gracioso?

Ella entonces rio aún más, como si le hubiesen explicado un segundo chiste mejor que el anterior. Se le escapaban las lágrimas de las comisuras de los ojos. Cuando por fin se recuperó, preguntó:

—Pero, a ver… ¿Tú me estás hablando en serio? No sé por qué, pero apuesto a que sí.

—Sí, hablo en serio —dijo Pedro muy tranquilamente.

Ella contuvo entonces la risa ante la confirmación de las intenciones de Pedro. La situación era tonta, surrealista, absurda y, desde su punto de vista, totalmente inútil y ridícula. Al final habló para aclarar las cosas.

—Te voy a decir lo que pienso, sin pelos en la lengua, ya que tú me has hablado así: solo los enfermos terminales, las personas muy desesperadas físicamente y abocadas a morir sufriendo creo que tienen derecho a suicidarse. El resto me parecéis una panda de gilipollas que no entendéis lo más esencial de la vida. Y no te hablo por lo que simplemente pienso, te hablo de lo que he visto y lo que ha sido mi propia vida. —Pedro hizo ademán de intervenir, pero ella levantó la mano, insistiendo en proseguir—. No, no, tío, déjame hablar. Mira, yo he superado un cáncer que tuve muy joven y creo que, en general, me ha ido peor que a ti y, sin embargo, aquí me ves, capaz de sonreír a la vida y a mi suerte, sin miedos. Solo ver que tú vas con un coche de cierta clase me dice que no tienes un mal sueldo, y si te han echado de alguna parte apuesto a que tienes paro suficiente y estudios suficientes para poder coger otro empleo tarde o temprano. ¿Es así o no es así que no estás en una mala situación social?

Pedro estaba ahora irritado. No contestaba, pero tenía una idea clara de lo que iba a hacer. Las características de carretera secundaria de la vía que cruzaba le permitieron hacer algo con mucha facilidad: fue decelerando hasta pararse en un descampado yermo en medio de un área esteparia llena de matojos, que quizás antaño fuera un campo de cultivo.

—Pero ¿qué haces? —preguntó Mónica sorprendida.

Pedro aún permanecía en silencio; quería encontrar las palabras adecuadas. No iba con él estallar de manera irracional y, aunque reconocía cosas en sus argumentos que otros (incluida la otra «ella» que había abandonado en su vida de no suicida) le habían repetido en numerosas ocasiones cuando se venía abajo, él siempre tenía otros motivos que consideraba de peso y que pensaba esgrimir de nuevo en ese momento: que uno no debería admitir lo que no fuera su ideario de vida, que las decisiones de uno debían ser respetadas y otra serie de balbuceos que serían insuficientes para la experiencia vital superior de esa joven aventurera. Sin embargo, Mónica entendió ese silencio preparatorio de Pedro de otra manera.

—De acuerdo, entiendo cuando sobro. No voy a mendigar autostop por callarme la boca. O se me acepta o me largo. Venga, tío, que lo pases bien.

Rápida y violentamente se desabrochó el cinturón de seguridad, salió del coche y abrió la portezuela posterior para coger su mochila. Sin embargo, Pedro se desató el cinturón también y salió para hablar con ella. Se puso a discutir como si fuese una amiga de toda la vida o su pareja.

—No tienes derecho a juzgarme así. Deberías comprender y respetar mis sentimientos.

—Pero ¿qué me estás diciendo? Ni que fuera ahora yo tu psicóloga. Agur. Que te sea leve, tío —respondió con desparpajo Mónica y se dispuso a marcharse de allí.

Pedro se quedó unos segundos como si estuviera solo y desnudo en el mundo, como si por alguna extraña razón fuese a perder el último vínculo con la humanidad. No quería implorar. Es más, no debía tampoco ni enfadarse ni mandar. Entonces vio claras las palabras definitivas y más sencillas.

—No te he echado de mi coche en ningún momento. En realidad, he confesado lo que no le he confesado a nadie porque… me caes bien.

Mónica se paró en seco de la marcha que había iniciado y, sin mirarle ni volverse, muy amargamente le contestó:

—Tú también me caías bien hasta que dijiste la chorrada esa. —Se echó a reír otra vez, se volvió hacia Pedro y prosiguió su discurso—. Lo más divertido de todo esto es que hablamos como una pareja arruinada cuando nos conocemos de hace menos de dos horas. ¿Sabes que tienes un aire encantador? Una especie de aura del buen tío. Y vas y te atreves a decir que te vas al otro barrio. Pero mira, como te dije, yo no te conozco como para hacerte de psicóloga, y eso que a mí me gusta ayudar —concluyó Mónica.

—Si quieres te puedo dejar en tu destino y si te hace falta puedes pasar una noche en un hostal, en tu propia habitación.

Correrá de mi cuenta. Sin trucos ni engaños. Quizás me pudieras convencer de lo contrario que quiero y voy a hacer. Quizás me pudieras hablar de todo lo que me decías de tu vida.

La oferta era buena y la intención de Pedro, loable. Sin embargo, eso empezaba a superar cierto grado de irrealidad que a ella empezaba a no gustarle. Mónica se quedó pensando y, siendo despiadadamente práctica, pensó que a alguien en ese estado no le importaría incluso llevarla a su destino directamente. El individuo parecía inofensivo, aunque eso nunca podía saberse del todo. Conducía bien, eso lo había evaluado con claridad, y el reto de convencerlo parecía incluso divertido. Por fin se decidió. Volvió al coche, dejó la mochila donde estaba y, sin decirle una sola palabra, se volvió a sentar en el asiento que ocupaba y a abrocharse el cinturón. Lo hizo todo como prueba final de cuán dúctil podía ser su conductor y el resultado le satisfizo. Era un cordero y un pobre diablo. Tuvo pena de él y quiso decirle algo, pero, para probarlo, finalmente optó por seguir callada. Pedro, por su parte, se dio también por satisfecho con pronunciar un alegre «estupendo». Reanudaron la marcha, de nuevo con un silencio de reajuste, que ella rompió al decir:

—Gracias.

—A ti, Mónica —respondió Pedro.

Mónica reordenó sus ideas e hilvanó su argumento para atajar la idea de suicidio que atenazaba a Pedro, por lo que abordó una nueva conversación a ese respecto.

—Vale, voy a intentar convencerte de que no hagas la gilipollez de suicidarte. Pero lo voy a intentar en pocas palabras, no me voy a empeñar más. Y si no lo vieses claro, entonces callaré, pues no servirá que diga una sola palabra más. —Mónica tomó aire y se volvió a reorganizar las ideas—. Como te he dicho, solo los muy desesperados y con ninguna opción de salvarse podrían hacerlo, casos como gente que tiene que enfrentarse a una muerte terrible como quemarse o tener un cáncer terminal. Yo que sé, cosas así, que solo de pensarlas me pongo enferma.

—Bien, eso me ha quedado claro. ¿Qué más? —terció Pedro, esperando algo más importante.

—Voy, voy. Tranquilo. —Tras unos segundos de silencio volvió a hablar—. Debes buscar algo que te permita fluir, algo que te dé el gustillo de hacerlo, que no te abandone y que no detenga esa sensación mientras lo haces. ¿Cómo te diría? Es como cuando consigues dormirte contando las ovejas o algo así. En realidad, se trata de buscar esa cosa que te pueda hacer fluir y le da un valor a tu conciencia de la vida.

Pedro se quedó impresionado y gratamente extrañado de semejante sabiduría. Breves y evidentes miradas a su interlocutora y expresiones de sorpresa estaban hablando por Pedro, las cuales Mónica interpretó correctamente.

—Sí, he estudiado, si es que estabas pensando eso. Empecé Filosofía, luego me harté y, como me gustaba leer, acabé Filología Hispánica, porque me gusta la literatura. Luego me di cuenta de que si quería escribir algo propio y diferente debía vivir experiencias, y es lo que hago ahora.

—Impresionante —añadió sinceramente Pedro.

—Vale. Y, aparte de impresionarte, ¿te convence? —respondió un poco irritada Mónica.

—Siento decirte que no; que precisamente me he dedicado a lo que me gusta, pero mi sistema de valores, mi vida afectiva y que los demás me acepten, todo eso se ha ido a tomar por culo. En realidad, es la primera vez que lo digo así y me hace hasta gracia —comentó él, sonriendo con ironía, a lo cual Mónica respondió con mayor irritación.

—Si estás tan convencido de eso, ¿para qué me has hecho hablar e intentar convencerte? ¿Es esto una especie de juego?

—No, no. Tampoco es eso —contestó él con cierta contrición.

—¿Entonces qué es? Joder. Mira, creo que no me has comprendido bien. La vida, la existencia humana, desde que se tiene conciencia de uno mismo y nos hemos despegado de la simple necesidad de comer, ha sido y es una búsqueda en sí misma, un cambio continuo. El ser humano es un vagabundo de su propia existencia, de la propia lógica, que sabe perfectamente que ahí está, pero que transgrede por la cantidad de cosas ilógicas que hace. Por eso tiene que volverse a buscar, como tú deberías hacer ahora. Debes buscarte si piensas que te has perdido —dijo Mónica, utilizando todos los recursos posibles para convencerle.

—Te comprendo, sí, pero quizás sea demasiado tarde para eso. Tú hablabas de la universidad como algo cercano. Tengo la sensación de que para mí la universidad queda muy lejos y yo soy otra persona —replicó Pedro en tono triste.

—No lo creo. ¿Sabes? Te he contado el meollo de lo que a mí me da la vida. Tú verás lo que haces con el resto —concluyó ella sin ganas de decir nada más.

Hubo un completo silencio. El coche iba avanzando imperturbable, firme, aprovechando las curvas perfectamente, deslizándose bien guiado por Pedro, tal y como Mónica había intuido. Llegó la noche y encontraron un hostal de carretera donde pernoctar. A pesar de las impresiones y algunos deseos velados, todo sucedió como Pedro había dicho y, tranquila y aisladamente, cada uno en su habitación, los dos descansaron. Al día siguiente, tras desayunar en silencio y ponerse en marcha, Mónica preguntó a Pedro:

—¿Cómo piensas hacerlo?

—No te lo voy a decir, obviamente —respondió este como si fuese una cuestión sin importancia.

—Pero intuyo que lo harás lejos y aislado. ¿Nadar mar adentro quizás? —dijo ella.

Pedro se sorprendió otra vez de la perspicacia de Mónica. Por otra parte, intuía que, de una manera u otra, deseaba que no se suicidara y por eso le estaba cogiendo cierto aprecio. Con motivo de desanimarla no respondió, pero además le salió por la tangente con una apreciación de carácter sexista bastante gratuita.

—Comprendo en gran medida que desees que no acabe con mi vida, porque eres mujer. Las mujeres en grupo, instintivamente, como portadoras de vida, la defendéis y la protegéis mucho más. En general, claro está.

Mónica se quedó atónita mirando a Pedro y, esta vez sí, sin saber qué decir, al menos inmediatamente. Se quedó decepcionada de un comentario tan lamentable, sexista y tópico, relegando a su sexo simplemente a máquinas instintivas. Un comentario simplemente vejatorio, tan gratuitamente ofensivo que pensó que o bien estaba bromeando de una manera ya delirante o intentándola disuadir. Llegó a la conclusión de que podía ser así y, evitando discusiones estériles, con una gran carga de amarga decepción acabó respondiendo:

—Si tú lo dices… No me voy a poner a discutir. Los dos sabemos que es una tontería.

Mónica dio en el clavo y en esta ocasión Pedro, sintiéndose ya del todo desacreditado, se quedó callado hasta que Mónica le dijo:

—Si me dejas en esta rotonda que viene ya me irá bien.

Pedro detuvo el coche y repitió la maniobra de quedarse en la cuneta dada la poca seriedad de la carretera. Mónica repitió, también en silencio y con el semblante muy triste, la maniobra de abandonar el coche. Para su sorpresa, Pedro hizo lo mismo mientras ella siguió recuperando sus bártulos. En cuanto acabó de recoger, ambos se encontraron de cara.

—Podría denunciar tu matrícula de coche y tu nombre para impedir que te suicides.

—Si hicieses eso y me detuviesen me darías motivos más fuertes para intentarlo una segunda vez en cuanto tuviese la oportunidad —dijo él con calma infinita.

—Eres un chantajista y un gilipollas —le dijo ella calmada pero con ganas de llorar.

Se miraron un rato. Ella estaba destrozada y él, decepcionado de sí mismo, por lo cual volvía a sentirse peor, entrando en un bucle depresivo. Sin embargo, ella hizo lo que se esperaba en una despedida: le dio un par de besos en las mejillas llenos de sororidad, de amor puro.

—Adiós, Pedro.
—Adiós, Mónica.

No dijeron más. Se pusieron rápidamente en movimiento y se fue cada uno por su camino. Ella, sin embargo, se paró en un giro de la vía peatonal que cogió y, apoyándose en una pared, rompió a llorar. Él, mientras tanto, pensaba una y otra vez que no debía haberla recogido, que era una gran chica, que era una persona con una vitalidad e inteligencia muy especial, pero que no había hecho más que perturbar su destino. Ahora debía seguir su camino con muy pocas dudas. Muy pocas, en efecto, pero al menos alguna más que al empezar.

Ya enfilaba una carretera secundaria hacia los parajes y cumbres más recónditos de la cordillera Cantábrica, donde se encontraba ese tétrico destino que se había marcado. Su plan era realmente refinado, o eso creía él. Su propósito era ascender con sus propios medios, con sus manos desnudas y su ropa de calle, por alguno de los más aislados picos del Cantábrico, el que más recovecos y simas presentase. Una vez hecho esto esperaría a quedarse exhausto en la cima y morir de hipotermia o quizás a morir despeñado donde jamás se les ocurriese encontrar un cadáver o donde jamás habría intención de recuperar a un accidentado si no se tenía el más mínimo conocimiento de que podría haber alguien ahí. Si se quedaba en la cima, el fin era obvio: de hipotermia en la próxima ventisca o hundido en la nieve. Fin incruento, pasivo y seguro, o eso creía él. Se había informado de la previsión justo en el momento adecuado y ese era otro motivo para no demorarse más y para arrepentirse, de nuevo, por haber recogido a Mónica, pues le hacía ir con retraso en ese momento.

Si las predicciones eran precisas, quedaban algo más de cuarenta y ocho horas para que cayese un temporal de nieve allí donde estaba su objetivo. Era una más de las sucesivas tormentas de otoño que ya habían hecho olvidar cualquier máximo de calor canicular y esa borrasca, en el monte, se iba a transformar en nieve, mucha nieve. Solo esperaba y casi rezaba en sentido figurado por no encontrarse con alguna patrulla de la Guardia Civil o algún control fortuito de alcoholemia. Nadie debía saber a dónde iba ni de dónde venía, no debía existir para nadie. En ese aspecto, el problema principal lo constituía el lugar donde pernoctar, para lo cual la solución más radical para evitar el contacto o el registro de su paso en cualquier parte era dormir en el propio coche, quedándose además camuflado como un bulto en el asiento de atrás. Así, la noche antes de su llegada al punto que deseaba la pasó en una calle apartada de un pueblo que sabía que iba a encontrarse en su camino. Llegó a horas intempestivas, cuando ya nadie pasaba por ahí, y procuraría despertarse muy temprano para evitar ser visto por cualquiera. Esa combinación de precaución extrema y suerte hizo que nadie le viera encaminarse hasta un sendero hacia la cima de una de las montañas más altas del Cantábrico. En realidad, podría haber llegado a otra población que quedaba más cercana al pico que se iba a convertir en su patíbulo y su tumba, pero quiso hacerlo así para dar pistas falsas cuando encontrasen su coche, si es que lo encontraban. Otro crepúsculo más, otra noche más la pasó ocultando el coche. ¡Qué lástima dejar como dejó tan bello vehículo! Medio enterrado, cubierto de ramas y hojas. Previamente se había cargado las suspensiones y deteriorado la carrocería hasta lo impensable al circular por estrechísimos caminos de bosque hasta internarse en un espacio adecuado para ocultarlo. Tenían que pasar expresamente por ahí para encontrarlo y quizás tardasen semanas en imaginarlo. No había comido apenas, estaba agotado, pero eso era parte del plan para morir, quizás como debió de morir Heatcliff, de *Cumbres borrascosas*, o eso creía él. De momento todo estaba saliendo a pedir de boca: muy pocas personas se habían cruzado con él y por muy breve espacio de tiempo, en ningún momento preguntó a nadie nada, ni siquiera por el camino que seguir. Eso le hubiese delatado. Ahora por fin podía emprender el ascenso mortal hacia las fauces de la hipotermia o el golpe letal de la caída, su sueño obsesivo durante todo ese tiempo.

Inició a la hora crepuscular su ascenso maldito. Recordaba con ironía cómo había pensado en el Naranjo de Bulnes, pero pudo informarse de cuán transitado y visitado estaba. No podía permitirse el lujo de morirse en medio de una cordada de alpinistas. A pesar de eso, algunos excursionistas aislados aún podrían cruzársele en el camino y cuando oía voces o pisadas de otras personas inmediatamente se internaba en el interior de los bosques que flanqueaban las sendas o se escondía entre los peñascos en el peor de los casos, cuando ya no había más que vegetación rastrera en las capas más altas de ese agreste paisaje. La nieve que había quedado del chubasco del día anterior ya frecuentaba el terreno ascendente y el cansancio era cada vez más patente. Para Téllez, ese hecho era toda una alegría de suicida. Quizás permaneciendo una noche por ahí ya tendría lo que buscaba, pero en ese lugar aún podrían encontrar el cadáver con facilidad. No era eso lo que deseaba. Su plan, minuciosamente confeccionado, comprendía aún una marcha de cinco o seis kilómetros en una durísima y escarpada cuesta arriba para acabar los últimos quinientos metros con una escalada únicamente llevada a cabo con sus manos. Allí podría suceder lo que buscaba.

—Vamos, venga. Si llego a la cima será mucho mejor. Hay más nieve y me podré hundir en ella —se murmuraba a sí mismo Pedro mientras miraba con ojos desorbitados el punto al que quería llegar, vagamente iluminado por las luces de algún pueblo de alrededor en esa borrascosa noche.

Su ascenso era lento pero seguro. Cierta determinación inconsciente a no fallar le hacía tener cuidado en cada paso, al agarrar cada roca para auparse un metro más. Cuando el frío le atenazaba más de lo que podía resistir, paraba y descansaba en algún recoveco de la montaña. Quizás no debía hacerlo así, quizás debiera agotarse al máximo y, una vez exhausto, empapado de sudor por dentro y mojado por la nieve por fuera, morir de hipotermia. Pero no, tomaba precauciones sin darse cuenta, porque Pedro ya no pensaba: avanzaba de manera automática, como si le hubiesen dado cuerda. De hecho, su propia fisiología le traicionó cuando reposaba en una de las oquedades de la montaña, ya que se quedó profundamente dormido.

Al día siguiente se despertó incomprensiblemente vivo. Él mismo se quedó perplejo de su inesperada resistencia. Estaba entumecido y los dedos le dolían; los de las manos bastante, pero los de los pies aún más. Esa mañana iba a ser soleada, tal y como también se había pronosticado en los precisos boletines meteorológicos que consultaba. Ahora, con la mejora del tiempo, vendría una consecuente bajada de las temperaturas. Ese frío sería un aliado para lo que se proponía.

Debido a la precipitación del día anterior, que en el valle había sido lluvia, pero a esas alturas de nieve, su avance lo hacía ahora hundiendo sus brazos en nieve, buscando donde asirse. Cuando encontraba hielo, con empeño y frenesí, utilizando las llaves que aún tenía, conseguía preparar puntos de apoyo taladrando el hielo hasta llegar a la roca, lo que le permitía avanzar apoyando sus manos y sus pies en ellos. A pesar del peligro enorme de resbalar, a pesar de todos los impedimentos y de tener ya algunos dedos amoratados e insensibles, a pesar de todo eso, llegó a la cima.

Él mismo se sorprendió, se maravilló de lo que había hecho[1]. Era un buen senderista y a veces había hecho alguna escalada, pero esto superaba cualquier previsión sobre sus capacidades. No sabía que estuviera en tan buena forma o que fuera capaz de aguantar tanto. Esa fue su primera impresión. La segunda fue de dolor y cansancio; dolor en huesos y músculos, dolor terrible y agudo en su estómago por el hambre que tenía, dolor en la cabeza por ese frío intenso y constante a pesar del buen día que

1 El autor hace notar que, a pesar de lo increíble de la narración, esta noticia completamente real ("Un turista ebrio escala una montaña de los Alpes cuando intentaba llegar a su hotel" 20 minutos 17 de abril de 2018 ) constata como podría llegar a resultar verosímil.

había amanecido. Nunca se había esperado tener que pasar tanto dolor. Pensó que su cuerpo estaba resistiéndose a dejar de vivir y por eso le propinaba dolor, para que instintivamente hiciera todo lo posible para salvarse, que es precisamente el propósito del dolor. Pero eso fue lo último que pensó antes de pasar a comportarse como un animal, buscar refugio y guarecerse, pues de una manera primitiva y elemental su sistema nervioso, sus tejidos, sus células le empujaban con señales de dolor, ansiedad y agobio infinito a moverse. La primera reacción fue temblar, castañetear, hacérsele insoportable estar quieto en medio de esa pequeña superficie, por lo que se movió a buscar refugio, prácticamente impelido por sus propios músculos y no por su cerebro, ya que en ese instante era totalmente incapaz de pensar nada. Había una especie de hoyo en la piedra por el que no había entrado la nieve. Así pues, se metió corriendo tal y como estaba, sin pensar. Aquel pequeño lugar resultó muy ventajoso porque, además de estar relativamente seco, recibía algunos rayos de sol de aquella fría mañana. Su primer impulso fue de nuevo quedarse dormido, pero se espabiló. Se abofeteó la cara, haciéndose más daño aún en los dedos, y al vérselos se quedó aterrado de lo terriblemente amoratados que estaban los meñiques y las puntas de otros dedos. Esto no era lo que había pensado para su final. Se estaba volviendo todo terriblemente doloroso. Imaginaba cómo podía tener la cara, pero por suerte no tenía ningún espejo, evitando así espantarse más de lo que estaba. Le era imprescindible algo de calma para poder pensar, pero esa hambre devoradora, el dolor y el frío no le dejaban tener una sensación fija más de diez segundos. Buscaba en los bolsillos de su chaqueta de manera compulsiva, sin saber por qué; buscaba entre las rocas del refugio natural; buscaba imbuido por un inconsciente instinto de supervivencia que no conocía en sí mismo. Dio con un paquete de pañuelos de papel, con los que se vendó los dedos, y encontró además una bolsita de azúcar que recordó de la gasolinera en la que pidió aquellos cafés de compromiso, junto con una galletita de cortesía del mismo establecimiento en su envoltorio. Debió de guardarlos ambos casi sin pensar. También halló (eso no se lo esperaba porque no fumaba) un encendedor. ¿Qué hacía allí ese objeto? De momento se tragó el azúcar tras abrir su bolsita y a continuación algo de nieve, fundida con el encendedor, para proporcionarse agua que beber, aunque fuesen gotas en las palmas de sus manos. Se dio cuenta de que la galleta estaba pulverizada dentro de su envoltorio, por lo que lo abrió con cuidado para poder comérsela. Entonces pudo encontrarse ligeramente mejor y cierta placidez le hizo recuperar la conciencia de ser pensante.

—Esto es peor de lo que imaginé. Pero, Dios, estoy vivo. —Pedro reflexionó sobre lo que decía en soliloquio y, como si estuviese loco, se respondió a sí mismo—. ¿Y por qué cojones nombro a Dios si jamás he creído?

Tras esa breve diatriba filosófico-religiosa, volvió a centrarse en lo que debía hacer. Debía salir de allí y acabar la tarea. Pero al mismo tiempo se maravillaba de cómo diablos había conseguido llegar a la cima así, sin más y sin morir. Sería una lástima que una hazaña así no se supiese. ¿Y si pudiese dejar alguna constancia de eso? Encontró muy interesante esa posibilidad, por lo que rebuscó de nuevo entre sus bolsillos, sabiendo que hacía nada había tocado la punta de un bolígrafo y ahora no recordaba dónde. Por fin lo encontró, pero sus dedos no respondían del todo bien aún, por lo que utilizó el mechero para calentarse tras varios intentos, pues precisamente sus dedos no respondían. Solo poco a poco pudo ya recuperar algo de sensibilidad en ellos. Cuando sintió cómo la sangre caliente fluía por sus falanges y pudo articular las manos con más soltura, se dispuso a escribir en el dorso del papel de un recibo: «Pedro Téllez García estuvo aquí» con la respectiva fecha, más o menos legible todo ello. Lo ajustó entre dos piedras de la oquedad y, ya satisfecho por esa fase de sus propósitos, salió por fin del hueco para soportar un viento helado y mortal. Se arropó como pudo y, a pesar de esas condiciones, intentó de nuevo pensar qué debía hacer: «Voy a bajar, sí. Y en la bajada, en cuanto me suelte me despeño». Por un momento pensó en quedarse congelándose en cualquier pared de la ladera, pero eso significaría exponer el cadáver a ser visto, dando lugar a un nada deseado rescate de su cuerpo. Ni pensarlo; debía descartarlo. Se imponía una bajada tan o más peligrosa que la subida y eso, con seguridad, sería su fin, o eso creía él.

Ciertamente estaba exhausto, pero el descanso y la exigua ingesta le habían dejado en un estado bastante más mejorado que a la llegada a la cima. No se daba cuenta de que ahora estaba en mejores condiciones para sobrevivir. Pero hacía tiempo que no se daba cuenta de cosas obvias porque estaba muy muy cansado y, sin saberlo él, traumado a tal nivel que no razonaba correctamente. Así pues, inició el descenso en esa fría mañana, un descenso despreocupado y temerario. Quizás solo se cuidaba de no pasar por aristas cuya caída lo llevasen a quedarse expuesto a una cara de la ladera. ¿Cómo lo haría entonces para morir oculto y seguro?

Debía encontrar alguna especie de sima desde la que caer. Eso es lo que haría. Buscando un lugar adecuado, se encontró a menudo en situaciones de extremo peligro, agarrándose con la presión de sus piernas mientras solo una mano le servía como débil punto de apoyo. Reconocía que tenía miedo, un miedo atroz; ya no sabía si era a que su plan quedase desbaratado o a la misma muerte. Estaba confundido. Pero en un momento dado encontró lo que deseaba, un agujero vertical entre dos picachos que seguían el mismo eje vertical de la propia montaña, lo cual le hacía suponer que la caída sería mortal de necesidad y, además, completamente a oscuras y a donde ningún alpinista se le ocurriría entrar. «Es exactamente lo que andaba buscando», se dijo en voz baja y con vehemente ansiedad. Tras unas cuantas tortuosas maniobras hasta esa boca negra, se encaramó a su abismo. Tuvo unos segundos de titubeo, pero era lo que deseaba, debía lanzarse. Y lo hizo.

—¡¡Voy a morir!! —gritó desgarradoramente desde el momento en que se soltó al vacío.

La caída fue breve, pero de solo unos cuatro metros sobre… nieve polvo. Estaba vivo, muy contusionado y otra vez con un gran dolor. Pero vivo. Si hubiese dejado que su vista se hubiese acostumbrado a la oscuridad de ese pozo se hubiese dado cuenta de que ese hueco de la montaña era, en realidad, una especie de nevero permanente, donde la nieve de las últimas precipitaciones había acumulado nieve polvo, pero a al ir cegado por el sol de la montaña le pareció la sima más profunda del mundo. El dolor y su sorpresa fueron mayúsculos. ¿Podría moverse? Tras unos segundos de asfixia en el dolor, se contorsionó intentando desahogar ese sufrimiento. Pero mientras lo hacía iba moviendo la nieve de ese depósito y provocando un desequilibrio en la presión de la masa acumulada. Nunca nada había hecho una presión tan brusca en el nevero, solo copos de nieve se habían depositado mansamente para configurar capas de hielo y nieve que la propia estática y la arquitectura de la oquedad sujetaban con una precisión delicadísima. Los giros y regiros de Pedro estaban fuera de los cálculos de estabilidad, por lo cual todo empezaba a resquebrajarse y a moverse hacia abajo, hacia la salida de la nieve de la montaña, cosa que debía hacer gota a gota en primavera, pero que ahora haría de una sentada. Pedro se percató de lo que ocurría, pero era demasiado tarde. Todo bajaba en un gran estruendo, como en las películas de apocalipsis. Lo peor era que ocurría en medio de una oscuridad total. Sintió golpes en todas partes, no sabía si de trozos de hielo o piedras, pero le estaban triturando. En ese momento no pensaba si se iba a suicidar o si debía sobrevivir, solo sentía terror. Sin embargo, la luz se hizo por la parte de abajo y su trasero fue a impactar con una piedra lisa e inclinada, seguramente erosionada por el agua, ya que bajaba por lo que debía de ser el curso de un torrente de montaña. Recibía bandazos, golpes y notaba una terrible aceleración, pero ninguna arista impactó contra él. En cierto momento salió disparado en una especie de tobogán de piedra cubierta de hielo. Parecía muy cómico, pero Pedro lo estaba pasando mal. ¿Saldría de esta? ¿Cómo? ¿En qué condiciones? Finalmente, topó con una curva de esa torrentera y lo hizo ya con la velocidad aminorada, yendo a parar contra un parachoques de musgo y líquenes que le golpeó el estómago y lo hizo encontrarse tirado y rabiando de dolor. Pero seguía vivo. Cortes y chichones en la cabeza, un tobillo torcido, costillas fisuradas (por suerte, no rotas), hematomas por todo el cuerpo, un brazo roto y otra fractura posterior sería el sumario de lesiones que más tarde conocería. De momento se intentaba incorporar y se percataba de lo que le había pasado. Había realizado una hazaña o, más bien, había sobrevivido milagrosamente a una hazaña accidental. De manera eventual se había convertido en el alpinista que más rápido había subido y bajado ese pico, aunque ese era un detalle que aún desconocía. Sin embargo, intuía que aquello que le había pasado no era normal y que, por el simple hecho de haberlo hecho, debía contarlo. Así, el orgullo y el amor propio renacieron en su psiquis. Tras unos minutos de componendas y nuevos razonamientos, decidió que no debía suicidarse, por lo que reanudó a trancas y barrancas una marcha vacilante hacia el valle. Atravesó un bosque de alta montaña, de abetos y píceas, pero había un límite cortado de piedras, al principio algo desnudo, el cual atravesó y que más adelante se presentaba tapizado con gran cantidad de musgo y salpicado de helechos. El torrente de montaña, que venía de un largo meandro a lo largo de la ladera del monte, llevaba agua en ese tramo de su curso, lo que le proporcionó a Pedro tres cosas: primero, una falsa seguridad de haber llegado ya a un lugar cercano a alguna población; segundo, humedad suficiente en las piedras como para resbalar, caer al torrente desde un talud de tres metros, y tercero, sentir, ahora sí, verdadero terror por morir. Pedro fue arrastrado como un muñeco inanimado por el agua brava, como un piragüista sin piragua, mientras gritaba desesperado, entre balbuceos, cada vez que podía sacar su cabeza del torrente que lo iba sumergiendo ahora sí y ahora no. Al caer, el golpe seco contra un peñón en el fondo del cauce le causaría la última lesión relacionada en su informe del hospital: una fractura de fémur de libro de anatomía. Aún tuvo la suerte de que fuese limpia y de fácil sanación. Cuando el nivel del agua fue suficiente como para hacer pie se arrastró hasta una orilla, donde gritó todo lo posible durante horas hasta que fue (esta vez sí con gran deseo de serlo) rescatado por otros senderistas.

En el hospital, tras traumáticas terapias para tanto trauma, ya descansaba Pedro en su cama para ser dado de alta lo antes posible. El sistema sanitario así lo exigía y él mismo lo deseaba con fervor para poner en práctica el nuevo planteamiento para el resto de su vida, aunque fuese con muletas. Se lo comunicó con ardiente ilusión a su pareja el primer día que ella fue a visitarle en cuanto supo que estaba allí.

—María José, mi vida, perdóname, por favor, por lo que he hecho. No escogí el camino adecuado y ahora, por fin, he aprendido. Tengo nuevos planes. Voy a dedicarme a lo que siempre ha permanecido como una afición: al alpinismo y a proveer a alpinistas. ¿Qué te parece?

—Pedro, me alegro de que estés vivo, pero, aparte de haber sufrido mucho, yo... La verdad, estoy muy decepcionada.

—¿Qué? —respondió Pedro, incrédulo. Ante esa reacción ella se explicó.

—A ver, de verdad que siento mucho que estés así, pero lo que has hecho está mal y ¿quién me dice que no vas a volver a hacerlo? En fin, que lo que me ha sorprendido y de lo que ya nunca podré estar segura es de... tu salud mental. Además, supongo que sabrás que te han echado de la empresa y, por supuesto, el despido es procedente y te será muy difícil volver a encontrar trabajo. Pero ¿qué te voy a contar? Si tú mismo sabes lo que te costó encontrarlo, si tú mismo sabes que entre las empresas se informan y luego te marcan para siempre. No sé cuál va a ser tu futuro y eso me... apena y me desanima.

—Muy bien. Entonces ¿qué propones? ¿Dejarme? —contestó él con rabia.

—Bueno, puedes contar conmigo hasta que te recuperes —dijo ella conciliadora.

—¿Hasta que me recupere? ¿Y después qué? ¿Una patada en el culo? —respondió él con extrema sorna.

Pedro no dijo nada más; no quería ni debía, pues si estallaba le iba a doler y lastimar todo su cuerpo. Debía permanecer sereno y pensar la mejor respuesta.

—De acuerdo, aceptaré el tiempo de recuperación que me permitas y que, de hecho, me hace falta. ¿Alguna cosa más?

—Gracias por comprenderlo, Pedro. —Ella fue a levantarse para darle un beso en la mejilla, pero él reaccionó ante tal acción.

—Te ruego que no me toques; ya he tenido suficiente. Si quieres venir a visitarme de nuevo, como quieras, pero a partir de ahora no quiero que me toques. Y sí, me iré de tu casa y de tu vida tan pronto como pueda. Adiós, María José.

—Adiós, Pedro.

María José se fue con su belleza peripuesta, su cabello perfecto y sus gafas oscuras de hacer ver que lloraría por alguien. Se fue quedando bien y al mismo tiempo librándose de lo que en su vida de exigencias podría resultarle un «muerto». Ella tenía su trabajo y ya encontraría a otro como él. Mientras tanto, Pedro volvía a lamentar no haber perecido. En ese mismo momento otra mujer por el pasillo se cruzaba con María José, alguien con más ímpetu y hasta con cierta aprensión hacia quien se cruzaba por el pasillo. Eran la antítesis una de otra. La recién llegada entró en la habitación y dijo a Pedro entre divertida y amistosa:

—Hola, gilipollas.

—¡Mónica! ¡Eres tú! —exclamó Pedro enormemente sorprendido.

—Claro que soy yo. Y tú menos mal que estás vivo, tío.

Pedro sintió de inmediato cómo le volvía la ilusión, como si hubiese experimentado una montaña rusa ascendente. No sabía qué decirle, pues sentía algo que ya no recordaba, algo fresco y grande. Se limitó a saciar su curiosidad.

—Pero ¿cómo has sabido de mí? ¿Cómo me has encontrado?

—Si sales en todas las noticias, colega. Luego me ha sido fácil encontrarte; conozco este hospital —le contestó con la misma alegría.

Los dos se rieron y hablaron de lo que dos personas hablan cuando fluyen, sin pensar con precisión de qué están hablando. En un momento Pedro se pudo dar cuenta de a quién tenía ahora en su vida, al menos como amiga, y le propuso una idea:

—Por cierto, ¿te va el tema de escalada y senderismo?

—Por favor, si he vivido del senderismo. Y, que lo sepas, he ido al Himalaya —le dijo ella.

—Genial. Pero oye, ¡sí que has hecho cosas para ser tan joven! —contestó Pedro sorprendido.

—¿Cuánto es joven para ti? Quizás no soy tan joven como piensas. Lo único que pasa es que me conservo bien porque siempre estoy moviéndome.

—Bueno, si no quieres no me digas la edad. No te lo voy a preguntar.

—Tengo treinta y cuatro años.

Pedro agrandó los ojos con evidente sorpresa. Parecía una muchacha, pero no por su estatura o su forma física, que había que reconocer que no eran las de una niña, sino por su frescura, su forma de vestir y la limpieza de su piel y su mirada. Mónica aceptó esa mirada como un cumplido y sonrió. Seguía cayéndole bien ese gilipollas y además podía ver que tenía muchas ganas de vivir y grandes proyectos para su vida, por lo que escuchó el resto de su plan. Le pareció estupendo y esperaba ser su socia en cuanto le dejase hablar. Quizás socia de por vida, o eso imaginaba ella, pero mientras pensaba en las posibilidades se dejaría arrullar por la agradable y animada voz del que se había hecho alpinista eventual.

# El instructor de poesía

Segismundo era pescador en el norte, un norte español que a menudo se confunde con cualquier norte húmedo, agreste, marino y verde del resto de Europa. Con semejante oficio y en semejante lugar, el paso de los días le había brindado la posibilidad de ver muchos tipos de bellezas tanto en el cielo como en la mar como en la tierra que le veía retornar sano y salvo con la captura de cada jornada. Segismundo también tenía tiempo libre, mucho, sobre todo fuera de temporada, en el cual leía sin parar y escribía lo que más le gustaba escribir: poesía. Su manera de ser, su afición por ver las cosas como las veía, era algo inusitado en su profesión en el pueblo de pescadores en el que vivía e incomprendido por el resto, que permanecía ocioso en los bares a base de borracheras, amodorramiento, charlas más o menos envenenadas y naipes.

De pequeño, a Segismundo se le había inculcado, aunque realmente por obligación, la lectura rápida y masiva de todo tipo de libros sobre navegación, construcción de barcos e incluso estrategia naval porque su padre, que también había sido pescador, deseaba sobre todo que su hijo subiese su propio estatus y el de su familia, pretendiendo que el pequeño Segismundo fuera, como mínimo, capitán de la marina mercante. La familia, a pesar de ese ahínco en mejorar su destino con la educación su hijo, reconocía de todas maneras su destino ligado al mar, por lo que se ceñían a ese tipo de actividades aunque fuese de mayor categoría. Al padre de Segismundo le salió el tiro por la culata. Su hijo aprendió todo aquello que él consideraba crucial simplemente como un saber para su crecimiento personal, pero en absoluto llegó a ser utilizado para medrar socialmente. Sin embargo, tanta lectura le había ejercitado en la comprensión rápida y en un interés por la palabra impresa realmente fuera de lo común para su posición social. A los quince años leía a los grandes autores de la literatura nacional y, con un curioso orden de marinero, empezó a leer a los autores extranjeros, de tal manera que ya no le resultaron nunca más extranjeros cuando entraron en su mente para quedarse para siempre. Y así llegaría a los veinticuatro años, habiendo devorado casi toda la literatura que tenía a su alcance mientras cada mañana de temporada salía a faenar con toda la ilusión que podía. A pesar de la dureza de su trabajo, él lo amaba por los momentos de belleza que le ofrecía. La extraña conjunción de su experiencia personal le había proporcionado un método para escribir, que adquirió con toda la literatura de la que se empapó, y de un material sobre el que escribir, pues lo tenía delante de él. Para ese hombre, era el mismo planeta el que le hablaba y lo hacía con poesía. Que «los cirros anaranjados le dibujasen la mañana» no era ninguna metáfora, era lo que veía; o que «la mar bravía tuviese hambre de los miserables barcos de los hombres» no era una figura retórica, era lo que se presentaba delante de él cuando algún barco de la cofradía desaparecía completamente, y a veces para siempre, bajo las enormes olas. Sus experiencias se explicaban realmente como metáforas. Más tarde, estas metáforas las trasladaría y transformaría en una encantadora conversación con las muchachas que pretendía y luego, a la descripción de sus cuerpos una vez que los podía admirar. Segismundo era así; disfrutaba de todo, aunque no daba a engaño. Pero cuando no se dedicó a seducir, sino que él mismo se enamoró de su ideal de pareja, de la mujer que desearía para su vida, fue incapaz de buscar una poesía adecuada para lo que sentía, por lo cual él mismo, con sus acciones, sus gestos, se había vuelto poesía. Y ella notó y correspondió que él fuese esa poesía. Por desgracia, los amados eran de estadios sociales muy diferentes y sufrirían el típico rechazo de este tipo de relaciones. No les importó. Así pues, Otilia, la hija del conde, y Segismundo, el pescador, vivirían juntos, ocultos como buenamente pudieran en un piso cercano al puerto, que entre ella y él mantenían honestamente. Allí cultivarían los dos esa poesía que acabaría incluyendo el dolor de la desavenencia con las familias. En otras ocasiones, mientras él desaparecía en las campañas de pesca, los dos terminaban sintiendo una nueva desazón que sería también parte de su poesía, que ya componían ambos para sobrellevar el dolor de las separaciones.

Con largo esfuerzo y meditación logró por fin de alguna manera plasmar el amor verdadero no solo en rimas acertadas con cierta gracia, sino en verdaderas obras acabadas, redondas y pulidas hasta casi rozar la perfección. La meta que se había puesto con respecto a su escritura la había alcanzado con la ayuda de ella. Otilia deseaba lo mejor para él y, dado su talento, pensó que lo mejor que podía dársele era reconocimiento y con el reconocimiento, emolumentos. Por eso Otilia le dijo un día:

—¿Y si publicaras todo esto?

—¿Publicarlo? Yo escribo poesías porque lo necesito en el alma. Es algo mío y personal y son regalos que solamente puedo hacértelos a ti. Sobre lo que escribo y tal como lo escribo no podría ser para nadie más que para ti. Por otra parte, yo ya puedo vivir de mi trabajo, ya lo sabes. —Segismundo estaba aturdido por la proposición, que le parecía de un materialismo asqueroso, pero Otilia lo captó y le respondió.

—No me malinterpretes. Es para que los demás sepan que existe alguien con tu sensibilidad y que la poesía pueda extenderse al resto de la gente, amor mío. A mí no me interesa el dinero. Me interesas tú y lo sabes de sobra.

Segismundo reflexionó sobre la posibilidad. Le atraía la idea de que miles de personas pudieran sentir lo mismo que él o lo más parecido posible. En realidad, recordaba que algunos de los momentos más bellos y más grandes de sus observaciones y ensoñaciones con el cielo y el mar a bordo del pesquero eran precisamente cuando los podía compartir con el resto de la tripulación. En esos instantes aquellos hombres toscos se conmovían como él y así le encontraba más sentido a lo que había hecho. Por eso, al final accedió y le pidió a Otilia que le ayudase. Iba a pedírselo a la persona más indicada porque, precisamente, la familia del conde tenía grandes influencias en las editoriales. Así pues, el trabajo poético de Segismundo fue evaluado por el padre de Otilia y el tío editor, lo que daría como consecuencia un acercamiento claro por parte de estos a la joven e incomprendida pareja. Esa nueva reconsideración concluyó prácticamente en un acto de reconciliación y quizás de leve disculpa, materializada en una cena familiar que los condes prepararían para ese invitado «de otra clase». Lo que ocurría en realidad era movido por las perspectivas de beneficio que podía aportar a la familia; por ello, la reconciliación era algo obligado. Segismundo accedió por Otilia, pero él veía muy claro que iba a ser invitado por el súbito interés editorial y comercial que podía tener su obra. Tampoco quiso comentárselo a Otilia, pero ella también tenía claro que lo hacía por amor. Un día entero costó quitarle a Segismundo el olor a mar y vestirle con la etiqueta típica blanquinegra que se estilaba en esos finales del siglo XIX. Una vez preparados y salvada la distancia con un carruaje que la familia había enviado, cuando ya estaban completamente preparados para entrar en el salón de la mansión de la familia, con todo el amor de su corazón, viendo el esfuerzo que hacía su amado, le dijo:

—Gracias, Segismundo. Ya verás, serán amables contigo.

Sin decirse ni una palabra de más, Segismundo sonrió y entró en la suntuosa sala con esa expresión de felicidad que Otilia le había dado y que le blindaría contra las sandeces esnobs de la clase aristócrata, de las cuales no se escatimó en esa velada. El papá les recibió grandilocuentemente y con voz falsa y engolada le dijo a Segismundo:

—Acepta mis disculpas, Segismundo. Te juzgué mal, hijo mío. Si te puedo llamar hijo mío, con tu permiso. —Se tomó una pausa en forma de risa autocomplaciente y prosiguió—. Pero resulta que nos va a resultar un exitazo esto de tus poesías y esas cosas. A ver qué se te ocurre más, que estás hecho un diamante en bruto.

Segismundo, por no disgustar a Otilia y por lo ridículamente estúpido que le resultaba aquel hombre que le ponía precio a los sentimientos, optó por reír como si fuese una señal de aceptación de la protección paterna; pero, por supuesto, él sabía perfectamente dónde se metía, aun cediendo pacientemente por su amada para intentar darle un futuro a su relación. Futuro suegro y futuro yerno rieron como bobos, dando una imagen de armonía familiar. En realidad, Segismundo se reía más aún cuando pensaba: «Pero mira que llegas a ser zopenco. No me extraña que tu hija huyera conmigo». Por el contrario, la madre de Otilia era una mujer más discreta y llena de verdadera clase, aunque también tuvo sus recelos con Segismundo. Ella le pidió sinceras disculpas de una manera mucho menos pomposa, pero, por el contrario, más veraz y él pudo ver ese sentimiento sincero en su mirada, la misma que su Otilia.

Pero el interés de Segismundo fue para un primo hermano de Otilia, al cual conoció en cuanto llegó y se le presentó. Tenía el mismo tipo de mirada de la familia materna y pudo observar un terrible tormento de su alma. Otilia avisó previamente a Segismundo a media voz en su oreja:

—El pobre ha sufrido mucho y está en tratamiento médico. Una serie de fracasos y ser ya, de entrada, epiléptico lo han llevado a lo más hondo. Es un hombre con los nervios destrozados.

No obstante, ella lo introdujo con toda la normalidad:

—Mi querido Venancio, qué alegría verte aquí.

—Más alegría me da a mí que pueda estar capacitado para poder veros a todos. ¡Ah, y además lúcido! Pero dejémonos de miserias, mi querida prima, y preséntame al afortunado —le contestó su primo con segunda intención, como solía hacer siempre.

—Por supuesto. Él es quien tiene mi corazón. Segismundo, te presento a mi primo Venancio.

Mientras Venancio le extendió la mano para estrechársela, Segismundo no hacía más que fijarse en la mirada de ojos negros y profundos en órbitas ensombrecidas por el insomnio y otros desórdenes. Veía a alguien que no hacía más que sufrir y se percataba de esa ansia de aquel al que le costaba considerarse merecedor ni siquiera de estar vivo, por lo que Segismundo, prácticamente sin querer y obcecado por la visión de la desesperación de aquel hombre, le dijo:

—Lo siento mucho. —A Otilia se le escapó en voz alta, reprochando: «Segismundo, por favor». Pero Venancio respondió serenamente mientras se le vidriaban los ojos.

—¿Tanto se me nota?

A raíz de aquel incidente, Segismundo se pasó casi toda la fiesta hablando con Venancio para buscarle al menos una solución emocional, y la encontraría donde Segismundo sabía: en la poesía. Al acabar la fiesta Venancio se dirigió al padre de Otilia, su tío político.

—Este Segismundo es un hombre excepcional y me está mostrando un camino que ningún medicucho ha sabido mostrarme. Le he dicho que venga a mi casa y tendremos varias sesiones.

El conde se quedó perplejo y miró con inmóvil estupor a su sobrino como si estuviera borracho. De hecho, se le veía siempre con una copa en la mano, pero en esta ocasión no era así y se encontraba sobrio. Como su tío estaba mudo como una estatua, se despidió con cortesía indolente.

—Buenas noches, tío. Una fiesta estupenda. Y, por favor, considera a las personas no solo por lo que te puedan rendir, sino también por cómo son en sí.

El conde devolvió la despedida a su sobrino, pero en realidad se había quedado estupefacto por lo que le acababa decir Venancio, que Segismundo fuera un sanador emocional. «¿Y si fuera el remedio para mamá?», pensó el conde. Al acabar la velada se fueron todos de la mansión, incluidos Otilia y Segismundo, que volvieron a su humilde nido de amor.

Segismundo, aunque orgulloso de su libro de poemas, no quería publicar ni uno más. Los beneficios de la publicación que le iban llegando le servirían para ayudar a sus ancianos padres y tapar agujeros tanto literal como figuradamente, los propios y los de vecinos necesitados. Otilia estaba emocionada de la nobleza de su novio. Y por ese carácter noble y agradecido iba a visitar a Venancio, que mejoraba por momentos de su profundo mal mental. De esta manera, fue redirigido a la madre del conde para ayudarla de la misma manera de su demencia e intentos de suicidio. Su éxito fue clamoroso. ¿Pero qué magia utilizaba? Para Segismundo no era ningún secreto. Lo podía decir abiertamente como se lo dijo abiertamente en una ocasión a su futuro suegro:

—Señor conde, lo único que he hecho es enseñarles poesía. De esta forma se dieron cuenta de la misma poesía de la vida. Por eso se han aferrado más a ella.

El conde se sentía pobre con todas sus riquezas delante de aquella alma noble. Y le dijo, por una vez en serio y con tono grave:

—Es una verdadera suerte tenerte entre nosotros, hijo. Si me permites que pueda llamarte hijo, esta vez en serio. —Segismundo le respondió con meridiana claridad.

—Claro que sí, señor conde. O papá, mejor dicho. Pero date cuenta de que yo estoy entre todos, sin distinción.

El conde se quedó impresionado de esa estrella con forma de ser humano que iluminaba la noche de muchos. No supo qué decirle más que devolverle un «hasta pronto» cuando salió para volver a su casa, puesto que al día siguiente salía a faenar.

La curación de Venancio y la madre del conde, su escrito y las enseñanzas que emanaba hicieron famoso a Segismundo y solo le faltó que su querido Venancio, que se convirtió en su amigo, le llamase medio en broma «mi instructor de poesía». En un principio, esta situación, lejos de desagradarle, le divertía y le henchía de satisfacción mientras el resultado fuera que en verdad todo el mundo descubriese la poesía de sus vidas y les llevase a amarla. Eso para él era más que suficiente. Así, el mote de instructor se fue generalizando como alguien que visitaba para curar el espíritu. Las cosas iban entonces muy bien, porque mucha gente de diferente condición social le pedía consejo para incorporar la poesía en sus vidas y él respondía en la medida de lo posible sin exigir nada a cambio a pesar de los empeños de agradecimiento, ya fuera con unos pocos reales o con un buen puñado de duros. Pero él no quería nada de eso. La poesía no se podía comprar, era su premisa. Es cierto que, aunque algunos regalos le hicieron y no podía rechazarlos para no herir los sentimientos, él no paraba de derivar cualquier aportación a los más necesitados o, como mucho, a poderse costear algún viaje por motivos literarios. Segismundo recalcaba que él, en realidad, no era nadie más grande que los demás. Simplemente, tenía la valentía de hacer que la poesía fuese de todos y para cada vida en particular. La prueba, como solía decir él siempre, era que al final la gente era capaz de hacer poesía por sí misma cuando él los acababa de «instruir».

Sin embargo, con el tiempo, Segismundo notó que la gente empezaba a malinterpretar lo que quería transmitir. Fue así cuando su entonces suegro (pues se habían celebrado ya unas humildes nupcias como ellos habían querido) le sugirió la participación en un concurso literario con un nada despreciable premio. Ante tamaña proposición, fuera del foco de lo que él consideraba verdadera poesía, Segismundo le iría dando evasivas para no hacer enfadar gratuitamente a su nueva familia. En parte porque, en contra de los deseos de los padres, ya había rehusado el boato que le querían dar a su casamiento y no pretendía tenerlos más en contra. Pero en cierta ocasión él tuvo que comentárselo al menos a Otilia.

—Otilia, vida mía, desde el principio sabes cómo soy. No vendo aquello que ya se encuentra en todos nosotros. No vendo la esencia de la vida, porque si no se la quitaríamos. No puedo participar en el premio que propone tu padre ni veo que sea adecuado después de todo lo que estoy enseñando. —Otilia sentía cierto sentimiento de invalidez porque no se reconociese el talento de Segismundo por parte de los catedráticos de la literatura.

—Mira, respecto al premio, yo no quiero que te enriquezcas a costa de lo que consideras virtuoso y puro. Eso lo sé. Pero, Segismundo, corazón, me fastidia ver cómo los grandes literatos y catedráticos se ríen de ti o te descalifican porque estás al margen de ellos, de su mundo. Se trata de reconocimiento, no de comercio. —Segismundo fue tajante en su conclusión.

—Allá ellos con su necedad. No les necesito, ni a esa gente ni ningún premio, para crear aquello por lo que me siento vivo, ni para vivir a mi manera. —Otilia, contrariada pero, a pesar de eso, más admiradora aún de su Segismundo, no pudo hacer otra cosa que callarse y amarlo más aún si cabe.

Aún quedaba un mes para el famoso concurso. De hecho, Venancio tenía algo escrito y llamó a Segismundo para pedirle opinión. Segismundo, de nuevo más por consideración que por interés o curiosidad, fue a echarle una ojeada. Pero su impresión fue muy descorazonadora. Venancio se había dedicado a publicar un libro de poemas con todo lo que había aprendido, del que públicamente se jactaba por su éxito editorial. Cuando fue a verle acabó hecho un basilisco.

—¿Cómo se te ocurre hacer esto? —inquirió Segismundo al borde de un ataque de ira.

—¿Hacer el qué? No te entiendo. Hago justo lo que me enseñaste, Segismundo —respondió despistado Venancio.

—Estás utilizando algo que te enseñé, sí, es así. Pero era para curarte, para tu propia vida, y ahora resulta que lo estás vendiendo, que lo estás ensartando en un palo y enseñándolo a todo el mundo como si fuera una rosquilla en una feria.

Venancio se puso serio y, cerrando de golpe el manuscrito que le estaba enseñando, le contestó:

—A ver si te calmas un poco, mi querido amigo. Cada uno es libre de hacer lo que quiera con sus cosas. —Segismundo enrojeció totalmente y se sintió violento; de hecho, jamás se había sentido así.

—Y si eres libre de hacer tooodo lo que te dé la gana con tus cosas y tu casa, ¿por qué no destrozas tu mansión? ¿Por qué no insultas a tus padres y a tus criados? ¿Por qué? Yo te lo diré. Porque existen unas normas y lo sabes. Porque existen cosas que, aunque tú quieras, no se pueden vender ni comprar, son sagradas. Fui explícito contigo: aquello que te enseñé debía ser para tu vida personal, igual que a cualquier otro que le he enseñado lo mismo. Esa era la norma que respetar como respetas el resto de normas.

Venancio también se sentía violento y le respondió desviando el asunto.

—Si no has sabido sacarle provecho a ese don tuyo, no es mi problema. Y si sigues en esta línea tendré que pedirte que te vayas.

—No es necesario que me lo pidas. Pero recuerda que te daré una lección y os la daré a todos aquellos que os atreváis a utilizar la poesía de la vida. —Segismundo tomó enérgicamente la dirección hacia la salida. Mientras, desde atrás, Venancio le gritaba.

—Haz lo que te dé la gana. A ver si aprendes así cómo somos cada uno capaces de tomar las riendas de la vida sin tu ayuda. —Pero, en realidad, Venancio estaba temblando y a punto de llorar porque sentía que perdía un amigo de verdad. Así, al cerrar la puerta, Venancio estalló en un llanto inconsolable.

Por desgracia, lo que hizo Venancio no fue un caso aislado. Así, más tarde, otro amigo con muchas ganas de concursar en el premio literario habló con Segismundo y este no había tenido otra idea que incluir poesías que, con la ayuda de Segismundo y en su presencia, había creado para combatir su propia depresión. Y después otro y después otra. Ya era una tónica que cualquiera que se sintiera capacitado quisiera sacarle un lamentable provecho económico a lo que había sido un regalo de un alma noble. Por supuesto, otros muchos pensaban como Segismundo. Era el caso de José, el fornido compañero de pesca que, tras cambiar su oficio a empleado y ojeador de la lonja por ciertas lesiones que acumulaba, había sido en su momento víctima de un enorme estrés y depresión. La poesía de Segismundo le ayudó no solo a superar ese estado, sino a expresarse delante de la mujer que amaba y que ahora era su esposa. Para José, Segismundo tenía toda su confianza y su apoyo, por lo que también se convertía en una especie de confesor. Ambos conversaban mientras tomaban algo y sería un buen momento para hablar de este tema. Segismundo le comentó con todos los detalles lo ocurrido, concluyendo de esta manera:

—Y vengo a ti porque Otilia me mostró un persistente interés por mi participación en ese concurso de los demonios. No es que no me fíe de ella, pero cualquier cosa que me diga estará contaminada por ese deseo.

—Hombre, compañero, yo me reía a bordo de tu poesía, ¿recuerdas?Y ahora precisamente me da mucha rabia que los mequetrefes de la Academia se rían de ti y no te quieran reconocer. Sería un punto a tu favor para callar las bocas de esos. En parte, compañero, en parte, estoy de acuerdo con Otilia —le comentó José tras escuchar a su amigo y endosarse un trago del orujo de su vasito. Segismundo le dio la espalda.

—Vaya apoyo —dijo entre dientes. José le cogió cariñosamente del brazo, cosa que no le salió demasiado bien, estrujando un poco a su amigo.

—Segismundo, siempre te apoyaré, amigo mío. Pero creo que ahora, precisamente para imponerte a todos los que traicionaron tu idea, deberías participar.Y es necesario que así, de una vez, te reconozcan. —Segismundo sonrió a su amigo, pues de repente nació en él una idea nueva.

—Mi querido amigo, dudaba sobre si sería correcto o no. Creo que me has convencido. Dame la mano y, sí, como tú dices, participaré para darles una lección. —El amigo le dio la mano con todas sus fuerzas y Segismundo continuó hablando con sorna—. Lo haré. Lo haré, ya que tu apretón también acaba por convencerme, si no me destroza la mano antes. —José le soltó sobresaltado.

—¡Uy! Perdona. —Rieron los dos como cuando estaban faenando.

Quedaban dos días para presentar las últimas obras al concurso y en una sola noche Segismundo concluyó la suya. Otilia la revisó y no salía de su asombro. El propio Segismundo, con el semblante grave y sin dormir desde hacía tres días, presentó su obra y al día siguiente fue a faenar, coincidiendo con el inicio de la temporada de pesca. Y sin enterarse ni quererlo ganó el concurso, cuyo premio fue a recoger su amada, pronunciando un discursito de claro mensaje para todos los que vendieron sus enseñanzas para la vida que acabó con una frase concluyente:

—Y que sepan todos que, pase lo que pase, la poesía triunfará.

Eso era una indirecta para muchos. Como consecuencia de ello, salieron publicadas columnas venenosas en algunos periodicuchos, tachando a Segismundo de cobarde por mandar a su mujer. Al volver Segismundo de la pesca leyó, entendió y meditó. Fue a hablar con Venancio, al que encontró bebiendo bebidas fuertes de sus barrocos botellones de vidrio y, obviamente, le recibió borracho.

—¡Ja, ja, ja! Ahí viene el triunfador, que nos salva y nos hunde con la misma facilidad que el que unta mantequilla. ¿Cómo te sientes después de romper los sueños de tanta gente, gran hombre? —Segismundo no se lo tenía en cuenta dado su estado, pero le contestó con la intención de disipar su malestar, sin ira, sin gritar, como si estuviese hablando al amigo de siempre.

—Yo no os di ningún sueño. Encontrasteis vosotros mismos lo bello de la vida y del mundo. Eso jamás debe convertirse en un sueño a la venta. Es un derecho para todos y para ti, por supuesto, amigo mío, mi primo. —Y mientras iba diciéndole esto se le acercó con firmeza para abrazarle como a un hermano—. No soy ningún sueño, soy tu amigo y todos podemos ser grandes hombres. Te lo enseñé. —Venancio estaba desarmado y le abrazó también entre sollozos.

Y poco a poco fue hablando con los que enseñó y participaron en el concurso. Pero su éxito para recuperar a la gente del mercantilismo de sus sentimientos tuvo un éxito muy limitado. En realidad, volvió triste a casa de la última visita a la señora María de las Mercedes, la mamá del conde, y habló con Otilia.

—Hay gente que sigue publicando basura en forma de versos. Lo que hacen ya nada tiene que ver con lo que les enseñé. —Otilia lo abrazó por detrás.

—Pero tú ya has demostrado lo que vales. Tú has sentado las bases y no puedes hacer más. —Segismundo se volvió y besó a Otilia, para continuar hablándole luego.

—Mi amor, debo hacer lo que es necesario a partir de ahora para que la gente vuelva a lo que importa. ¿Confiarás en mí?

—Siempre.

Desde aquel día Segismundo descargó la frustración, la ira, la traición del ser humano por el ser humano, en versos. Eran versos que manaban directamente de lo que habían hecho los demás. Llamaba a las cosas por su nombre con poesía, porque estaba comprendiendo el mundo incluso en lo podrido que estaba. No utilizó la editorial de sus familiares, en la que aparecían todas sus obras más amables. Para este fin se sirvió de alguna editorial rival, una de las que tenían en su cartel aquellos heraldos que le habían puesto de vuelta y media. Segismundo buscó el aval de un par de críticos a los que fácilmente convenció con sus éxitos. Con esa pequeña ayuda pudo publicar aquel veneno.

De nuevo empezaba la temporada de pesca y la presentación de su libro no la presenció. Ni se enteró ni quiso enterarse, otra vez. Pero antes de irse algo le dijo a Venancio: «No compres el último libro de mis poesías», a lo que el frágil primo asintió con sinceridad. El resultado no se hizo esperar; parecía que se había extendido el virus de la tristeza y la vergüenza, sobre todo en los medios literarios locales. Lo que Segismundo escribió perturbó a propios y a extraños a niveles nunca vistos. Por efecto de esos escritos del que todos tenían como un amigo, muchos volvieron a caer en sus anteriores depresiones y otros, viendo la situación, dejaron de escribir e incluso de hablar con Segismundo para siempre. Aquello se había convertido en una batalla con bajas. Todo estaba muy convulso y ni siquiera Segismundo sabía qué era lo más correcto. Probablemente, esperar. Pero de momento lo que sucedía era lo que quería, dado que, por escarmiento, ni siquiera los amargos críticos de los diarios se atrevieron ya a decir nada. Pero algo inesperado y trágico sucedió, algo que Segismundo no pudo prever por una vez en su vida: la reacción de la abuela de Otilia. María de las Mercedes fallecía en su casa por desangramiento tras cortarse las venas de los antebrazos, sumergida en un relajante y caliente baño con sales en su bañera de estilo imperial. Otilia desapareció de su vida a causa de ese acontecimiento. Entonces, sobreponiéndose al dolor y confiando en el futuro, escribió una carta en el diario que ya había contado con él en la última ocasión:

*A todos los que usaron y abusaron de la poesía.*

*La poesía, amigos míos (porque nadie ha dejado de ser mi amigo), es el sentimiento de la vida, es el trazo subjetivo que un pintor hace para hacerte ver el crepúsculo como él lo ve, es el silencio de una mañana que nos emociona y jamás la hemos explicado, es un poema que por fin nos define con palabras en esos momentos sencillos y grandes al mismo tiempo. Esos momentos no tienen precio, ni cuestan mucho ni cuestan poco. Como mucho, os han costado toda vuestra vida en experiencias y esfuerzos, pero nunca como producto de un mercado. Lo más difícil y lo más necesario es explicarlo. ¿Por qué es necesario explicarlo? Para poder pensarlo. Si lo definimos con palabras lo podemos pensar, reflexionar y percatarnos de su grandeza, de lo que ha valido realmente para nosotros. Eso ocurre en nuestra mente cuando hemos aprendido a poner en palabras nuestros sentimientos y conversar con ellos. Eso, de nuevo, ocurre sin coste, sin compraventa, libre de los sistemas, libre incluso de cualquier opresión. Por eso os pido que conservéis esa propiedad intrínseca de la poesía. Porque es, de hecho, nuestra esencia, nuestra libertad y nuestra alma.*

Mientras tanto él, solo y herido con el abandono sin ningún adiós de su amada, escribía sus propias poesías sobre el dolor de la ausencia. Poesías para sobrellevar la pena y conservar la esperanza, no solo en la vuelta de Otilia, sino en la respuesta de su carta. En la búsqueda de una paz en este malentendido sobre lo que realmente significa que cada uno pueda escribir la poesía de su vida para de esta forma comprenderla.

Si hubiese habido temporada de pesca no hubiese podido ir. Si la gente viniese en masa para aclamarle se escondería bajo la tierra. Si hubiese su pastel preferido (pues era un goloso) se hubiese quedado donde estaba. Si hubiesen venido a liquidarlo, probablemente les hubiese dicho: «Rápido y fulminante, por favor». Si la casa ardiese procuraría aspirar todo el humo posible para asfixiarse. Ese era su estado inevitable al cabo de una semana y así era como escribía las poesías que jamás verían la luz. Porque faltaba aquel apoyo discreto, aquella revisión con cariño, aquellas caricias que hacían descubrir un mundo, aquella mujer que le enseñó y le enseñaba a él. Pero una mañana al levantarse, escuálido y blanco de privación, después de simplemente mojarse la cara pudo ver en el ventanuco del lavabo, acercándose por la avenida, una silueta femenina que reconocería entre todas las siluetas. Era ella. Cuando Segismundo quiso reaccionar sus piernas le fallaban y la debilidad hacía presa en él, pero respirando hondo hizo que su nervio mandase a su depauperado músculo y fuese corriendo hacia ella. Al abrazarse los dos, amados siempre, se besaron como preludio de la unión de las carnes. Se besaron con toda la poesía que significa besarse y con la pasión permanente que ellos sabían expresarse por palabra y acto.

—¿Cómo es posible que hayas vuelto después de tu partida, mi vida? Después de la muerte de tu abuela, que fue por mi causa —le preguntó Segismundo.

—Perdóname, corazón mío. Perdóname, Segismundo. No debí hacerlo. Tú no eras el culpable de que mi abuela se considerase tan desgraciada. Nos escribió una carta en la que claramente se sentía ella indigna de haber desoído tus enseñanzas. Esa carta te la envió a ti también y durante dos semanas yo no quise creérmela y, al parecer, durante dos semanas la desconocías.

Segismundo se sorprendió de su torpeza, del dolor innecesario que había pasado y, leyendo la carta de la joven abuela de Otilia, que con diecisiete años dio a luz al conde, descubrió que esa inestable y a veces lúcida mujer pensaba igual que él respecto a lo que era necesario hacer para arrasar a «esa peste de vendedores de sentimientos que nos habíamos vuelto todos». Lo que hizo aún reír más a Segismundo fue que junto a esa carta había otros centenares más que, habiéndose desparramado por la escalinata que daba a la entrada, los vecinos habían ordenado en pilas por orden alfabético. Precisamente, algunos de ellos salieron con la alegría del retorno de Otilia, pues en esos barrios uno se enteraba de todo.

—Disculpadme, mis queridos amigos. He sido un individuo tan centrado en mi quehacer y en mi mundo que no me daba cuenta de la gente tan buena que tengo alrededor —les dijo Segismundo a los vecinos cuando salieron a explicarle el trabajo de clasificación.

—Es que resulta, Segismundo, que sabíamos todo lo que te pasaba. ¿Sabes de qué están hechas las paredes? Casi de papel —le comentó el anciano Luis Collantes, el encargado del casino.

Segismundo no podía más que reír y sonreír por el renacimiento que todo eso representaba. Tenía a sus vecinos, que le habían adoptado como un miembro más de todas las familias que allí vivían porque, sin darse cuenta, no había hecho más que repartir poesía, bondad y amistad desinteresada.

—Yo no sé cómo las gastan los señores emperifollados, con perdón de la señorita, pero la gente trabajadora somos siempre así y no es necesario que nos rescaten de nuestras penas para saber que el que está al lado es nuestro compañero —acabó por decir otro vecino, el achispado Fernández, que se hacía pasar por borracho, como decía él, para decirles las verdades a la policía y a los ricos. Para acabar, Luis le comentó el extraño destinatario que aparecía en las cartas.

—Segismundo, muchacho, es extraño que la dirección era la correcta, pero todas las cartas no tenían tu nombre, sino que dice: «Al instructor de poesía». Bueno, no sé si aceptas ese título que te han endosado, pero ahí está.

—Sí, Luis, es correcto, mi buen vecino. Me las voy a leer todas ahora mismo. Os lo agradezco a todos muchísimo. No lo olvidaré.

—No hubiésemos hecho menos —terció Fernández y todos se despidieron: «Hasta pronto, que tengas un buen día…».

Cuando Segismundo fue leyendo las cartas vio que todos expresaban su contrición, o al menos los que habían podido hacerlo. Les había dado su última lección y ellos habían entendido lo que significaba. La alegría de Segismundo se tradujo en unas ganas indescriptibles de crear, de aprender, de amar, de hacer. Porque, en un círculo vital sin fin, lo que había creado, aprendido y amado le había dado esa alegría. Y le dijo a su amada:

—Esta vez no habrá temporada de pesca. Esta vez haremos lo que al menos una vez en la vida todo el mundo debería tener derecho. Nos tomaremos un año para viajar, para descansar y simplemente disfrutar.

Otilia le respondió con una brillante ilusión en sus ojos marrón miel, que Segismundo interpretó en seguida. Y visitaron el mundo que no habían visitado hasta entonces: la gran capital del país, Venecia, Roma, Londres, París y otros muchos lugares, llegando hasta las paradisíacas posesiones españolas en Filipinas, que evocaron a los dos las poesías que merecerían todos aquellos lugares.

En su deambular por el mundo, Otilia y Segismundo se quedaron en Cuba para el resto de sus días, prendados de aquel paraíso terrenal. Se tuvo noticia de que fueron realmente felices por lo que se podía leer en las cartas que alguna vez enviaron a la familia. Pero finalmente se les perdió el rastro, se olvidaron aquellos premios desacreditados por el mayor poeta de la provincia desde que se tiene noticia y toda esa historia quedó borrada en el tiempo. Hechos más sonados han pasado al completo olvido, cubiertos de décadas abarrotadas de toneladas de papeles y anegadas por ríos de tinta, salpicadas de imprecisiones, embadurnadas con exageraciones y mentiras, con cosas muy mundanas, muy prácticas y económicas, que siempre han hecho a la poesía de menos. ¡Qué fácilmente se olvidan los poetas y más los instructores de poesía! ¡Pero qué patente queda esta en la belleza de cada amanecer! Seguro que veréis alguno igual que los que vio Segismundo. Y os asaltará la poesía.

# El as inconsciente

De nuevo rememoraba en su limbo, en su profundísima ensoñación fruto de un estado durmiente. Y, sin saberlo, todo lo que decía se lo estaban registrando:

—Ciento diez horas de vuelo, ciento diez horas de vuelo para aquellos cacharros que me resultaban tan diferentes, para esos escupefuegos, como los llaman los británicos. ¿Eso era suficiente, poco o demasiado poco? ¿Por qué lo miden en horas y no en aprendizaje? Siempre me he preguntado lo mismo, incluso en Rusia. Quizás a otros una hora no les sirva de nada y a mí me pueda dar lo necesario para volar como volaría un as. ¡Demonios! Me podrían acribillar a balazos en mi cabina y me vengo con estos estúpidos pensamientos. Pero, de todas maneras, ¿quién me los va a quitar? ¿Qué voy a perder? Además, sí, es cierto: tengo ventaja con mi experiencia con el «chato». Cuántos chavales están aprendiendo por primera vez y van directos a la muerte, algunos con menos de cien horas. ¡Pobrecillos! Lo único que quiero es que esto acabe de una vez. ¿Quién quiere morir con veintiséis años? Esto de aquí es muy diferente. En Madrid apenas pude volar tres veces por la falta de combustible y en el Ebro... En el Ebro, después de derribar a ese Fiat, un maldito accidente al aterrizar. Jamás me lo perdonaré. Iba demasiado rápido y me pasé de la pista. Que imbécil fui. ¿Qué me harían aquí, en Inglaterra, por un accidente como ese? Mira que clavarlo en el suelo. ¡Qué bruto! Como dijeron en la instrucción, sí, que aunque viésemos unos puntos en la lejanía igualmente nos podían alcanzar si eran bandidos. En cuanto vea un punto de frente lo acribillo, ya puede decirme misa el *Squad Leader*. ¿Qué coño se puede esperar que venga de frente si estamos mirando hacia el canal?

Al cabo de la sesión, el paciente que había estado soltando esa perorata leía toda la transcripción que había hecho su amigo en un bloc de notas, escrita con la prisa con la que había tenido que escribirse, pero con letra clara y simple de leer.

—Pero vamos a ver. ¿Es que he de entender que he dicho todo eso? —dijo el paciente, un hombre de edad avanzada y cabellos blancos peinados hacia atrás.

—Así es, Antonio. Ni más ni menos —le contestó el terapeuta, que le había sometido a una sesión de hipnosis para tratarle un problema de insomnio.

—Pero eso no es más que un sueño. Yo no he vivido tales cosas —apeló el paciente, denotando cierta angustia en su tono.

—Es una posibilidad, Antonio, es una posibilidad… —respondió Juan Manuel Soria, su amigo y terapeuta. En ese tono de voz que conocía, el paciente intuía algo más que parecía esconderle, por lo que le inquirió una respuesta más clara.

—Lo he dicho más veces, ¿verdad que sí? No me lo escondas.

—Sí, es cierto. Hablas de esas cosas siempre que hay una sesión. Pero no solo eso, sino que has seguido una misma historia. Es como si, y no te espantes por eso, como si revivieses una etapa de tu vida que ahora no recuerdas en absoluto. Como si hubieses estado amnésico —contestó Juan Manuel en un tono claramente conciliador.

—¿Amnésico? No recuerdo haberme dado un golpe grande jamás —contestó, ya en tono de protesta, el anciano.—Puede no haber sido un golpe. Puede haber sido otra cosa, un trauma. No sé, incluso puede que tu insomnio esté vinculado a eso —le contestó su terapeuta con claro ánimo de calmarlo.

—¿Y las otras veces? ¿Has escrito el resto de… tonterías que digo? —preguntó Antonio con preocupación al terapeuta.

—No, no. Esta es la única vez que lo he hecho. Pero, créeme, has seguido una especie de secuencia argumental y podría decirte de qué has ido hablando en cada una de las veces. Además, como te digo, todo relacionado entre sí. Te lo prometo.

—Pues no me lo expliques, no lo quiero saber. Al menos de momento.

—Como quieras.

Paciente y terapeuta se despidieron como amigos y quedaron para la siguiente sesión, deseándose feliz día y recuerdos a las familias como si no hubiese sucedido nada importante, intentando enmascarar una preocupación creciente y ansiosa. Los dos sabían que había algo subyacente a esas manifestaciones inesperadas, pero por ahora uno no quería saberlo y el otro no quería molestar más a un amigo al que veía cada vez más agobiado por lo que acababa de descubrir. ¿Habría obrado correctamente?, se preguntaba el terapeuta.

En la calle, Antonio empezó a padecer un dolor de cabeza bastante molesto. Esa sesión le había dejado especialmente nervioso y estaba pagando las consecuencias de un exceso de ansiedad. El dolor iba en aumento. Cerraba los ojos en una mueca de dolor cuando se iba transformando en un pinchazo agudo. Quería llegar a casa cuanto antes; por eso, en vez de coger el autobús, cogería un taxi. Con la pensión que tenía se lo podía permitir. Se dirigió a la calle Embajadores, en la que el tránsito más denso de coches le podía garantizar encontrar algún taxi libre y así fue. En cuanto levantó la mano ya tenía decelerando hasta ponerse a su altura uno de esos típicos coches negros con su franja roja. Cuando entró como pudo, completamente aturdido, se sentó y dijo:

—Alcalá, esquina con Timoteo Domingo, cerca del metro Quintana, si hace el favor.

—Vamos para allá —respondió el taxista, animado por una posible conversación chisposa, ya que la gente mayor siempre cuenta anécdotas.

Pero Antonio no intercambió una palabra más con el taxista, el cual mostraba entre cierto mosqueo y algo de preocupación, ya que se le veía agobiado a aquel anciano. De hecho, a Antonio el olor típico de la piel sintética de aquel taxi le estaba causando bastante náusea, que, sumada a su molestia inicial, le hundía cada vez más en un estado de postración. Cuando el taxista ya lo vio así tuvo que romper el silencio e interesarse por su pasajero.

—Abuelo, ¿se encuentra bien? —la respuesta que iba a recibir el taxista sería totalmente inesperada.

—*Don't go so fast, Edward. I can't follow you.*

—Pero ¿qué me está diciendo, caballero?

Inmediatamente, el taxista paró el coche en una zona de descarga que estaba libre, se apeó e intentó auxiliar a Antonio, que se encontraba mirando hacia el techo del vehículo, completamente alucinado y con el cuerpo aplastado en el asiento. Se montó un jaleo de gente ayudando, entorpeciendo, curioseando, que a trancas y barrancas y con un vaso de agua fresca y unas friegas que le dio un camarero de un bar de al lado hizo volver en sí a Antonio.

—Estoy bien, estoy bien. No se preocupen. Llévenme a mi casa, por favor —dijo en cuanto pudo volver a la normalidad. De hecho, se sentía incluso mejor que cuando salió de la consulta de su amigo, como si esa alucinación le hubiese curado.

Las personas que le atendieron, incluyendo una pareja de la Policía Nacional, dudaban de si enviarlo a su casa o al hospital. Pero tras comprobar que había recuperado completamente su consciencia le llevaron a casa, esta vez en el coche patrulla de la policía, dado que en caso de recaer podrían siempre usar la sirena y su potestad sobre el tráfico para poder llegar a tiempo, pasase lo que pasase. El taxista, como atención, le dijo que no le cobraría la carrera a pesar de la insistencia de Antonio de pagarle lo que había marcado el taxímetro hasta ese lugar.

—Déjelo, caballero, no es nada. Que no llega ni a las cien pesetas —convino el taxista, intentando disuadirle amablemente.

—Muchas gracias, pero hubiera sido mi obligación pagarle por la carrera que ha hecho —contestó ya cansado de insistir Antonio. El taxista ya se disponía a irse con la satisfacción de haber ayudado, pero precisamente al intentar ayudarle aún más le comentó lo que había oído de su boca.

—Oiga, ¿se ha dado cuenta de que parecía que usted hablaba inglés?

—Pero ¿qué dice? Si no sé hablar inglés. Como mucho, francés y de aquella manera, ya que estuve unos veinte años en Toulouse —contestó sorprendido y preocupado Antonio.

El taxista se le quedó mirando sin saber qué decir, atónito, compartiendo el mismo asombro que el anciano. De alguna manera, sabía que le estaba diciendo la verdad y ninguno de los dos se lo podía explicar. El taxista tenía una impresión que no quería admitir por lo descabellado de semejante idea, pero que sabía por casos de conocidos y los temía por considerarlos como ciertos: que estuviese poseído. Finalmente, se dirigió a su coche, rebuscó en la guantera del mismo y, agarrando un pequeño objeto, se volvió a dirigir al anciano. Le entregó una tarjeta de presentación y le dijo:

—Hágaselo mirar.

Antonio pudo leer en la tarjeta: «Monseñor Pedro José Vázquez-Cancedo Azcárate, exorcista». No quiso leer más y cuando levantó la vista el taxista ya emprendía su marcha en su taxi. «Paparruchas», pensó y quiso deshacerse del «regalo» de aquel bienintencionado católico, pero los policías nacionales ya le cogían del brazo con suavidad para llevárselo a casa. Quizás hubieran podido ver la escena y pensó que, con los tiempos que corrían, más valía no despertar el orgullo católico nacional si se le ocurría tirar la tarjeta delante de ellos. Le repateaba enormemente que el aura, el espíritu de los enemigos de su familia, los que habían conseguido atomizarla por los cuatro puntos cardinales del mundo, estuviese aún campando a sus anchas y encima no se les pudiese decir nada, muy a pesar de la apertura de Madrid con su movida y con Tierno Galván de alcalde. Él había sufrido un coma largo en Francia, seguramente alguna herida. No sabía con precisión si luchando contra los nazis o como simple refugiado y no podía recordar nada de esa época, pero tenía la certeza de la diáspora de toda su familia al tener a todos ellos en diferentes ciudades de España, además de un hermano como niño de Rusia y a dos primos, muy mayor uno en México y otro en Argelia.

Ya en casa, sus hijos y su nuera lo recibieron con evidentes señales de angustia, a la par que agradecían con su ligero acento francés la actuación de los policías que lo habían dejado en su casa.

—En fin, hijos, me ha dado otro de esos ataques raros —les dijo Antonio con resignación y una leve sonrisa de despreocupación.

—Papá, esto empieza a ser grave. Ya no es cosa de que vayas a un masajista… —argumentó Carlos, su hijo mayor.

—Terapeuta —le corrigió Antonio.

—Lo que sea, pero esto ya es serio. Deberías dejar que te viese un médico de verdad. Esto cada vez es más frecuente y no podemos dejar que te pase —terció su hijo, ya en un tono de cierto enfado.

—Lo que me tenga que pasar me pasará. Si en medio de dos guerras no me ha pasado, es que he sabido cuidar de mí. Y si no salgo de una, pues falta mía y a pagar por ello.

Los hijos se quedaron callados y rabiosos. No querían causarle otro estado de nerviosismo, no querían hacerle sufrir otra bronca, pero lo que decía su padre era demasiado cruel, quizás porque no habían pasado dos guerras como él. La nuera, Victoria, una chica dulce que había conocido Carlos al acabar sus estudios de Derecho en España, con mucha mano izquierda logró hacerle cambiar de opinión o al menos ceder en su negativa de no asistir al médico.

—Antonio, siempre ha hecho las cosas pensando en los demás, nos consta de sobra. Pues ahora, por favor, cuídese. Precisamente, pensando en los demás. Ya sabe que estoy embarazada y entre las cosas que quiero que tenga mi hijo está un abuelo sabio y bondadoso como lo es usted.

—Bueno, bueno. En ese caso, de acuerdo. Me someto.

Y así fue como se sometió a numerosas pruebas, entre las que se incluía la poderosa tecnología del TAC, en aquel entonces relativamente novedosa. Pero, para desgracia de la familia, ese tropel de pruebas y análisis llegó a una grave conclusión: Antonio padecía un tumor cerebral ya extendido. Los médicos lo sospechaban, pues los episodios de delirios y náuseas eran síntomas que se podían asociar a ese diagnóstico final. La familia se derrumbó, pero Antonio, aun sin padecer otras dolencias severas asociadas a su cáncer, se veía con ciertos ánimos y, a pesar de todas las pruebas concluyentes, en su psiquis le quedaba algo de incredulidad sobre el diagnóstico. Por otra parte, también tenía un poco ese típico comportamiento de retorno a la infancia que a veces presentan los ancianos en su jubilación y sorprendía a los suyos con ideas más o menos infantiles y así se las comentaba a todos.

—Podría curarme por mí mismo. He oído de casos que acaban bien.

—Papá, no es que queramos quitarte los ánimos de vivir, que eso está muy bien, pero…, padre, son otros tipos de cáncer y en estadios no tan avanzados —le dijo con mucha tristeza su otro hijo, Luis.

—Todo se ha de ver, todo se ha de ver —replicaba Antonio con una sonrisa y una mirada de ensoñación.

—Pero papá, por favor, por lo que más quieras, con esas ideas no te metas en curanderos y cosas de esas. Te lo pido por favor —le advirtió Carlos con sentido más práctico.

—Pero ¿qué tonterías estás diciendo? ¿Curanderos? ¡Qué estupideces! Parece que no me conozcas —respondió airado Antonio.

—Todo lo que tú quieras, pero ya nos empieza a escamar encontrar cosas así. —Y entonces le enseñó la tarjeta del exorcista que le ofreció el taxista que le acompañó y de la que no se pudo deshacer. Su nuera la había encontrado en los pantalones al poner la lavadora. Antonio se rio y comentó el fortuito hallazgo.

—No tiré eso a la basura casi por simpatía con el taxista que me acompañó, un mojigato. ¿Qué quieres? La mayoría de la gente aún es así. Porque escuchen tecnopop y se pongan trajes de hombreras no van a hacer un cambio revolucionario en sus mentes. Y si no, tiempo al tiempo. Ya verás como este país vuelve a reivindicar sus santos y ya verás como los trabajadores perderán derechos. Los de siempre esperan la oportunidad.

—Vale, vale, papá. No hace falta que hagas un mitin, ya nos hemos chupado unos cuantos. Pero el problema, bueno… No sé siquiera si llamarlo problema. Eso sigue ahí.

Todos callaron y bajaron la cabeza. Intentaron hacer algo durante aquel día y durante el siguiente, pero todo sucedía lánguido y pesaroso mientras las manifestaciones del tumor se notaban más evidentes y Antonio volvía a caer cada vez más veces en sus delirios, en los que hablaba de cazas en el aire, nubarrones que había que evitar a toda costa, motores ardiendo, alturas, presiones, niveles de combustible y muchas frases en inglés que más o menos, en su balbuceo, podrían llegar a entenderse. Cuando pudieron hablar con él le indicaron, le recomendaron, le pidieron que se sometiese a la quimioterapia, que confiase y que así se salvaría. Él se negaba rotundamente hasta ponerse violento e incluso hiriente con sus propios hijos.

—¡Dejadme en paz! Sé que puedo hacerlo, sé que puedo salir de esta. Me salvé de un coma larguísimo en Francia, vete a saber por qué. Tengo fortaleza y los únicos que no confiáis en mi fortaleza ¡sois vosotros!

—Papá, esto es diferente —dijo Luis con un hilillo de voz.

—¿Diferente? Sí, es diferente porque habéis perdido la confianza en mí. ¿Me queréis decir cuándo os he fallado? Cada uno de vosotros con una carrera y una posición buenísima. Hasta Lucía, que, siendo mujer, siempre tenía difícil la carrera en este país de trogloditas, ha podido ser una buena juez. Pero ahora, cuando mis hijos deberían confiar en mí, parece que me fallan.

Los hijos ya no sabían qué hacer y la cosa iba empeorando. Resolvieron llamar al terapeuta en quien confiaba y, a su vez, llamaron al resto de la familia para que supiera de la enfermedad de Antonio. Al hacerlo pusieron en marcha sin saberlo un engranaje que les iluminaría. Cuando el terapeuta llegó, aparte de darle un motivo de alegría a su padre, los reunió para hablarles de las sesiones de hipnotismo y de todo lo que en ellas iba diciendo.

—Yo, para no inquietarle, le dije que solo había tomado nota de lo que iba diciendo en la última sesión. Pero no, tengo todas las sesiones escritas y registradas y toda la relación entre ellas. Vamos a ver, ya sé que no tiene que ver ahora esto con su curación, pero… ¿os consta que vuestro padre haya sido piloto de caza?

Los hijos se quedaron boquiabiertos y sin respuesta. En efecto, les chocaba que les preguntasen eso y el terapeuta intuyó que no iba por buen camino, por lo que fue por el objeto de interés principal, su curación del cáncer.

—De acuerdo, primero haré esto: le voy a preguntar qué le puede hacer tomar más confianza y qué le hace sentir más alentado para seguir luchando, ¿os parece?

Los hijos asintieron y trazaron un plan de trabajo con aspectos varios como la alimentación o evitar el estrés. Cuando le preguntó dicha cuestión a su amigo y paciente, este le respondió:

—Juan Manuel, tú ya sabes que a mí me regeneran esas sesiones de hipnosis tras la terapia de relajación.

—Estaba pensando lo mismo, amigo mío.

Una vez se puso en manos de su amigo y se hallaba sumido en su sopor hipnótico, empezó entonces la revelación. Primero habían dejado a paciente y terapeuta a solas, pero cuando Antonio empezó a murmurar entre agitados espasmos y algunos balbuceantes gemidos y gritos, uno a uno, toda la familia se fue acercando a la sala donde se estaba llevando a cabo la sesión. Lo que oyeron todos les dejó atónitos:

—¡Bandidos! ¡Bandidos por todas partes! ¡Hay muchos, demasiados! 110 y 109. ¿Cómo voy a salir de esta? He de separarme o me ametrallarán hasta los míos. ¡Joder! ¿Ese no era Jean-Paul? ¡Fuego! Ahí va uno, abajo con él. ¿Dónde estoy? He de salir como sea. ¡Un impacto! ¡En la cola! Me están persiguiendo. ¡Socorro! He de dar el giro completo y torcer. ¡Ya!

En ese momento Antonio se despertó de súbito, con la frente y el cuello encharcados en sudor abundante, mientras su familia le observaba perpleja e inmóvil a su alrededor.

—¿Qué ocurre? ¿Por qué estáis en derredor de mí, mirándome así?

Tras unos segundos de silencio, Carlos le preguntó:

—Papá, ¿dónde estuviste antes del coma que te cogió en Francia?

—No lo sé. ¿A qué viene ahora esta pregunta? ¿Crees que me voy a salvar de mi cáncer por saber eso? —respondió Antonio de malas maneras.

Su hijo no hizo caso al humor de su padre y atajó la posibilidad de pelea con otra proposición más alentadora para el enfermo.

—Bueno, dejemos eso. Mira, papá, voy a llamar a toda la familia que pueda, incluyendo los que están en el extranjero. Cualquier ayuda, por ínfima que pueda parecer, siempre va a ser buena. ¿Te parece?

—Me parece bien, hijo. Gracias.

Una vez calmado, ya todo el mundo se dispuso con sus quehaceres mientras se despedía al terapeuta. Este habló con el hijo mayor.

—Tu padre no lo querrá reconocer, pero en cada sesión de hipnosis se está retrotrayendo a una época de su vida que le quedó oculta en una gran amnesia. Tras ordenar todo lo que va diciendo, solo puedo llegar a una conclusión: Antonio fue piloto en Europa, luchando contra los nazis y… es curioso cómo explica en ese estado de subconsciencia cómo va derribando uno tras otro a sus enemigos, con episodios concretos y definidos para cada… victoria, por llamarla de alguna manera.

—Es muy sorprendente, pero… ¿es posible que tenga que ver con el tumor?

—Puede ser. No sé si es causa o efecto o solo un síntoma más o menos anecdótico, o ambas cosas, pero debéis saber que, según el estadio de la enfermedad, puede delirar y entonces puede ser que oigáis más de lo mismo.

El hijo asintió con la cabeza y no dijo nada más. Ni siquiera tenía habla para despedir verbalmente al terapeuta. Lo acompañó a la puerta y, tal como el especialista vio a Carlos, simplemente le dio un abrazo, lo miró y se fue.

Al día siguiente la casa de la familia parecía una central de información. Ellos llamaban a toda la familia desperdigada por el mundo y así todos los que había desperdigados les llamaban a su vez. Especial interés pusieron los familiares y amigos de Francia, aquellos que estuvieron a su lado en el extraño coma que padeció. Tanto fue así que al cabo de una semana ya habían llegado a Madrid para visitar y acompañar al enfermo, lo cual fue agradecido sobremanera por toda la familia hasta el punto de hacer posible el alojamiento de cinco personas más en la casa sin sentirse molestos en absoluto a pesar de las estrecheces. Entre estas personas vino su hermana pequeña, Concha (Conchita, como siempre la llamaba él), junto con su marido, Jean-Jacques. Ellos habían sido quienes habían cuidado con más ahínco y más cercanamente a Antonio cuando estuvo y salió del misterioso coma que había padecido y le hizo despertar en enero de 1946 en Rouen. Los dos, en un español fluido pero con un marcado acento francés, abrazaban y repartían besos de verdadera alegría a todos. Parecía como si fuesen los heraldos de la recuperación de Antonio y él mismo pareció experimentar un cambio de ánimo apreciable, pareciendo hasta más suave ante sus hijos. En una de las visitas de Juan Manuel presenciaron otro episodio de rememoración de unas supuestas hazañas en el aire.

—Esto es como cuando el coma —dijo Conchita con sorpresa e interés.

—Entonces contad con que vuestro padre se salvará —añadió Jean-Jacques con todos los seseos y erres guturales que un francés podría hacer.

—¿Cómo podéis estar tan seguros? —dijo Carlos algo desesperado.

—Porque está haciendo lo mismo que hizo con el coma, está sobreviviendo —respondió con vehemencia Jean-Jacques.

Todos se quedaron unos momentos pensativos. Juan Manuel se disponía a hacer volver a Antonio de su hipnosis, pero se detuvo y les hizo una pregunta que nadie esperaba a los recién llegados:

—Jean-Jacques, Conchi, decidme una cosa: ¿cuántos derribos llegasteis a contar?

El aludido se quedó mirando al terapeuta y se sentía cogido por sorpresa. Parecía que la pareja venida de Francia podía saber muchas más cosas y eso estimulaba la curiosidad de Juan Manuel, que no era poca, y además lo intuía. Otra vez todos se quedaron perplejos, pero en esta ocasión las miradas se concentraron en el marido de Conchita, del cual sabían que tenía un reverencial aprecio y admiración por Antonio, pero aún no sabían exactamente por qué. Cosas de amigos se solían comentar, pero nada quedaba realmente claro. Jean-Jacques evitó responder en ese momento.

—Creo que lo mejor sería devolver a Toni de su estado.

—¿Toni? ¡Ah, claro, Antonio! Ahora mismo, por supuesto —respondió Juan Manuel, aplicándose a lo que debía hacer, pero percatándose de la evidencia de que la pareja de Francia sabía algo más y no era precisamente una minucia. Lo que le extrañaba además era que hubiese utilizado el diminutivo de Toni, pero ya sabría luego por qué.

Antonio despertaba de su letargo. En esta ocasión había caído al mar en su historia o al menos eso se podía entender. Seguía con cierta mejoría, pero nada iba a evitar que el tumor empeorase. No podían poner un parche a una dolencia tan grande. Sabían que debían ingresarlo y someterlo a lo que fuese a pesar de sus violentas negativas. Todos estaban preocupados porque no sabían cómo lo harían y, para empeorarlo, los continuos chequeos y el TAC revelaban cada vez un peor estado del tumor. Al mismo tiempo, sus delirios, síntoma de su empeoramiento, iban en aumento. Los hijos se desesperaban; acabarían por llevarlo a urgencias la próxima vez y aplicarle la quimioterapia y todo el protocolo necesario para salvarlo, fuera como fuera. Mientras esto iba ocurriendo a lo largo de una semana, Jean-Jacques tuvo oportunidad de hablar con el terapeuta a solas.

—Antonio es una persona excepcional, ¿sabe? Y sí, sabemos muchas cosas de su pasado.

—¿Ahora ya no es Toni? —respondió con prontitud Juan Manuel.

—No sea irónico, *mon dieu*. Ya se nota que usted es muy perspicaz y metódico, porque seguro que tiene los… derribos ya contados, ¿verdad? —dijo Jean-Jacques en un tono un poco represivo.

—Usted también es perspicaz —añadió Juan Manuel y calló, esperando una explicación.

—Mire, es cierto que Antonio tuvo un pasado muy diferente del que pensamos y tiene que ver con sus delirios, pero escuche atentamente: él me hizo prometer que no diría nada. Él tampoco quería saber nada. De hecho, es la pura verdad y completamente exacto que había despertado de ese coma que pasó en Rouen y no recordaba absolutamente nada de antes de la Guerra Civil. Yo le intenté hacer recordar cosas porque tenía fotos, documentación y cartas cuando nos lo entregaron, pero…

—¿Se lo entregaron? ¿Quiénes? ¿De dónde? —interrumpió inquisitoriamente el terapeuta.

—Sí, cuando salió del hospital —respondió el francés.

—¿Por qué estuvo en el hospital? —preguntó Juan Manuel con cierto ánimo para que le diese toda la información posible.

—Sin duda, había sido herido en la guerra. Quiero decir en la guerra en Europa. Pero algo, no se sabe qué, le había sumido en el coma, porque no tenía golpe alguno en la cabeza. Para acabar de explicarle, le cuento cómo lo encontraron: tenía algunas contusiones, la rozadura de una bala en la cabeza y otro tiro limpio y sin riesgo alguno que le atravesó el hombro. Sin duda, tuvo suerte. *Oui*, Juan Manuel. Mi cuñado, él, era piloto y fue rescatado de un… ¿Cómo se dice? *Atterrissage forcé* —acabó por explicar Jean-Jacques, ya en completa complicidad con Juan Manuel. El terapeuta empezaba a atar cabos y a no ver las cosas como hechos separados. Parecía que esa interrelación aún no desvelada pudiera ser una vía de salida para Antonio y quizás hubiera que explotarla o, al menos, comprender qué estaba sucediendo en su mente.

—Supongo que querrá decir aterrizaje forzoso. Habla muy bien el español, Jean-Jacques —observó Juan Manuel.

—Es por amor, a mi mujer y a mi… cuñado y… amigo.—Entonces el francés rompió a llorar, emocionado, acongojado. Juan Manuel lo abrazó con toda su empatía, con las típicas palmaditas en la espalda, tan españolas.

Se iba capeando la situación más o menos, hasta que en una escapada a la calle en solitario de Antonio, (la familia y los amigos le habían prohibido salir solo a la calle), este perdió el conocimiento y cayó al suelo. Entonces fue llevado al hospital mediante la alarma y el auxilio de los vecinos que por allí pasaban. La familia casi estuvo a punto de permanecer ajena a tal cosa, pues en ese momento aún no se habían percatado de su fuga. Ya en el hospital, pasó a la unidad de cuidados intensivos, pues parecía no responder a una reanimación normal. Antonio estaba catártico y deliraba ahora en español, ahora en inglés. Aquello estaba llegando a un culmen. En cuanto Juan Manuel lo supo, allí estaba con todos en la sala donde lo tenían monitorizado. Entre los que allí había estaba Jean Jacques, que le comentó a Juan Manuel:

—Ahora está llegando al final, recuerdo este episodio. *Pres du channel, il arrive maintenant*… —murmuraba el francés, algo poseído también por una especie de trance.

—Dígame, Jean-Jacques. Dígamelo, por favor. ¿Cuántos fueron? —suplicó Juan Manuel al cuñado de Antonio.

—Fueron veintisiete —contestó Conchi de repente, con más calma que su marido.

—¿Usted llevaba también la cuenta? Pero, pero… eso es increíble. Eso es más que algunos que se consideraron ases —le dijo Juan Manuel, impactado por semejante dato.

—Me lo dijo Jean-Jacques en esa ocasión. Pero, oiga, lo más importante es que estuviera con nosotros de vuelta. ¿Para qué queremos un héroe si no está a nuestro lado? Y es más, ¿qué importa que la gente sepa que es un héroe o como lo quieran llamar si no está con nosotros? Era de lo único que nos alegrábamos y de lo único que valía la pena alegrarse, ¿comprende? Que venciese a más o menos, eso son honores que no traen de vuelta a ningún muerto.

Juan Manuel calló y bajó la cabeza, comprendiendo la filosofía sencilla y esencial que había en las palabras de Conchi. Era cierto, ¿qué importaba? Un luchador más o menos contra el fascismo, contra los nazis era otro luchador más. Él podía haber logrado más o menos victorias, pero resultaba irrelevante porque quizás seis pilotos de su misma edad, sin ser ases de la aviación, hubiesen hecho el mismo trabajo. Pero lo más importante de todo esto, y Conchi era consciente, era que habían sido miles, millones contra aquello; si no, igualmente la importancia de un as, de un líder, de un campeón, no hubiese valido nada. Eso lo pudo ver Juan Manuel gracias a las sencillas frases de Conchi y, de hecho, era cuestión solo de pensar un poco. Mientras, Antonio claramente estaba explicando en frases entrecortadas que estaba en apuros en los cielos del canal de la Mancha. Juan Manuel se aprestó a anotarlo todo, pero una mano tranquila y anciana le agarró con suavidad y una voz afrancesada le invitó a no escribir.

—*N'hesitez pas, mon ami.* Tengo toda la historia y la cuenta de todos los derribos. Pero creo que necesitaría el permiso de Toni.

—Tiene toda la razón, Jean-Jacques —contestó el terapeuta, convencido de lo que le decía el francés.

Mientras, entre sudores intensos, en la cama, con todas las vías y todas las monitorizaciones de sus constantes vitales, Antonio continuaba su relato inconsciente:

—Esos Focke Wulf. ¡Esos Fockes! Son cacharros superiores. Son, son… difíciles. Vuelta y vuelta de nuevo. Ya han bajado a uno de los nuestros… *George, take care! Behind you!…* ¡Demasiado tarde!… Solo quedamos dos. Estoy harto, estoy harto, voy a vaciar mis cargadores… ¡Moríos ya, nazis!… Uno menos, uno menos, otro milagro más en la lista… Yo solo quiero salir de aquí y me he quedado solo. No sé dónde está Pat.

Antonio estaba cada vez más cercano a un clímax de sus estertores y delirios. Los enfermeros estaban muy preocupados y buscaban al médico de planta. Los familiares, los amigos, todos ellos expectantes y con el alma en vilo. El monitor cardíaco indicando unas pulsaciones disparadas. Antonio seguía con su salmodia de hazañas desconocidas para toda la familia. A veces murmuraba sin entenderse lo que decía, a veces gritaba. Pudo entenderse que decía:

—¡Me han dado! Y de verdad. ¡Mi cabeza, mi cabeza, qué dolor! Y el motor… ¡empieza a arder! Vamos a ver si la mampara ignífuga es tan buena como dicen. He de aterrizar en el mar, ahora mismo, para que esto se apague. No voy a poder, voy demasiado rápido. Esto se va a desintegrar…

—Ahora sé por qué tenía papá esa extraña cicatriz en la cabeza. Dijo que se la hizo con una sierra, supongo que para hacerme callar —añadió Carlos con lágrimas en los ojos. Juan Manuel, aún conservando la calma respecto al resto de los asistentes, respondió al hijo mayor de Antonio.

—Puede que no, Carlos. Puede que mezclase experiencias similares en sus recuerdos mientras su mente consciente se negaba a aceptar esa época de su vida y para él fuese una verdad absoluta que haya sido de esa manera. En cualquier caso, mira, parece que se estabiliza. Por favor, que se recupere…

Las súplicas de todos en sus ojos y sus pensamientos y las súplicas verbales de Juan Manuel surtieron efecto. Antonio de repente dijo: «Ya estoy en casa» y todos sus músculos se relajaron. Sus pulsaciones volvieron a estabilizarse hasta llegar a unas relajadas cuarenta y nueve pulsaciones por minuto, lo cual al médico de guardia, que había llegado hacía unos pocos segundos, le pareció si no inconcebible, al menos muy sorprendente. Poco a poco todo quedó en calma y Antonio siguió durmiendo, esta vez plácida y silenciosamente. El médico conminó a todo el mundo a que, habiendo pasado el peligro, podían (y, de hecho, debían hacía tiempo) salir de la sala. Una vez ya más relajados, Juan Manuel, acompañado por Carlos en su interrogante, le preguntaron a Jean-Jacques por este extraño proceso.

—Jean-Jacques, por favor, dinos qué es lo que ha pasado. ¿Qué le ha pasado a Antonio? Todos estamos aún intentando comprender, aunque yo tengo una intuición. Sé que tú sabes más de él.

—Más que responderte qué le ha pasado, te puedo decir qué es lo que ha hecho en *cet procès* —apostilló con gravedad el amigo y cuñado de Antonio.

—¿Qué ha hecho entonces? —añadió Carlos lleno aún de confusión, pues no sabía muchas cosas de su padre.

—*Survivre.*

—Sobrevivir, hijos. Eso es lo que ha hecho mi hermano, como lo hizo antaño. Lo ha hecho igualito que entonces —añadió Conchita.

Tras una jornada más, que Antonio se la pasó durmiendo como un bendito, el paciente despertó al día siguiente transfigurado, con un semblante alegre, feliz y, además, expresando su hambre con énfasis y jocosidad.

—¡Qué ganas tengo de salir de aquí! Me voy a desquitar de la comida del hospital y sus raciones raquíticas. Como mínimo, dos chuletones y un plato de cocido que me voy a meter entre pecho y espalda.

—Papá, ten cuidado ahora que has salido de esta.

—Venga, no me vengas con esas, que a ti también te gusta —le contestó su padre con un tono que le invitaba a saborear ese pantagruélico manjar.

Carlos rio y por una vez desde hacía tiempo se sintió cómodo con su padre. Algo había cambiado e intuía que sería ya para siempre. Antonio recibió el alta del hospital con rapidez para esa crisis, pero lo más sorprendente fue que en el siguiente chequeo su cáncer había remitido considerablemente. Al cabo de pocos meses Antonio no tenía ni rastro del tumor cerebral. Estos casos no son tan milagrosos como parece; suelen suceder con cierta frecuencia y responden a una reacción natural del cuerpo, pues más a menudo de lo que creemos nuestro organismo elimina células cancerígenas de manera natural gracias al reconocimiento por el sistema inmunitario. ¿Sabéis qué puede influenciar al sistema inmunitario de cualquiera? El estado psíquico. De esta manera, la psiquis de Antonio estaba realizando un trabajo oculto, una faena en *back-office*, como hubiese dicho alguno de sus colegas aparecidos en sus delirios y sí, de un pasado lejano, en su juventud.

Durante una semana prudencial en la que siguieron alojados los invitados, asegurándose de que Antonio no recayese, Jean-Jacques y Conchi estuvieron ilustrando al resto de familiares, incluido un primo que había venido de México y corroboraba la versión, sobre la información que tenían en sus manos. Dicha información se basaba en todos los pertrechos que acompañaban a Antonio cuando lo entregaron a la familia en el estado en que se hallaba. Con él venían, aparte de su uniforme de piloto de la Real Fuerza Aérea Británica, una cartera de tamaño mediano y otros útiles que solía tener ubicados en su aparato. Como nunca sabía dónde podría aterrizar, llevaba siempre consigo algún pequeño equipaje y en aquella ocasión llevaba algunas fotos dedicadas por parte de sus colegas. También se hallaban las órdenes de la misión y mil detalles más de su violenta vida llena de hazañas. Cuando el piloto, llamado Toni por sus compañeros, despertó del coma que le tenía postrado en casa de su hermana, mandó quemar todo aquello. No lo reconocía, no quiso verlo, no quiso saber nada de nada, estaba furioso. Sin embargo, Conchita y Jean-Jacques le engañaron y quemaron otras ropas y objetos en el jardín. La visión de sus pertenencias no le recordó absolutamente nada de lo que había vivido y, ante su propia confusión, un sentimiento profundo y casi fisiológico de aversión le inclinaba a rechazar todas aquellas ropas y bártulos. De hecho, tuvo una especie de recaída que le volvió a dejar en cama un par de días más, con la mirada fija en el techo y completamente inerme pero consciente. Tras pasar un año recuperándose y buscar y encontrar trabajo, finalmente todo quedó borrado de su mente. Ni siquiera un vago recuerdo tenía de esos días. Jean-Jacques le cogió cariño porque él sabía que había contribuido con creces a la liberación de su país y, además, porque había sido y continuaba siendo un personaje excepcional, lleno de agradecimiento, pundonor y de una motivación y voluntad ciclópeas. A veces lo asociaba con Jean Valjean de *Los miserables,* capaz de hacerse una nueva vida a partir de lo más paupérrimo.

Por su parte, Juan Manuel, el terapeuta, explicó a todos que muy seguramente Antonio estaba viviendo y sufriendo traumas repetidos al tener que matar y ver morir a tanta gente. Quizás su sistema nervioso llegase a un límite que lo hiciese entrar en coma justo con su peor experiencia, la de ser derribado y herido. Por eso, para sobrevivir y conservar su integridad psíquica, su cerebro dispuso de ese recurso catártico, como una especie de vuelta a empezar o, como decían en los recientes ordenadores de esa época moderna de los ochenta, hacer un *reset.* Ya veríamos si esa palabra cundiría en el futuro.

Llegó el día de las despedidas, emotivas y sentidas, por lo que casi todo el mundo o lloraba o tenía los ojos colorados y vidriosos. Despidieron finalmente a Jean-Jacques y a Conchi con la promesa sincera de que algún día irían a verlos. En el andén quedaron solos Carlos y su padre, Antonio. Entre abrazos y despedidas, Juan Manuel tuvo tiempo de mortificar con preguntas comprometidas a su nuevo amigo francés, Jean-Jacques.

—Lo que no me explico, amigo mío, es que con tal número de victorias nadie, ni él mismo, saliese a la luz en aquel entonces.

—Eso es muy sencillo de explicar. Las victorias tenía que reivindicarlas uno mismo y confirmarse, y él no debió de hacerlo. Si no hay anuncio, no hay confirmación. Y si no hay confirmación, no existe el derribo oficialmente. Además, a veces podía haber rivalidad entre pilotos y si uno no anunciaba sus victorias los demás no iban a mover un dedo, *même quand* ese otro no es un británico e intenta evitar a los demás.

—¡Bueno, ya está! Dejadlo para cuando os volváis a ver. *Allons-y*, Jean-Jacques —interrumpió Conchi, apropiándose con gracia y una sonrisa de su marido.

Los que se tenían que ir subieron al tren, los que se quedaron se dispersaron, alguno más iba a coger su coche para volver al pueblo y así solo quedarían Carlos y Antonio, padre e hijo. Antonio, mirando aún al tren que se alejaba de la estación de Chamartín, comentó al aire:

—Bueno, bien está lo que bien acaba.

El hijo se quedó atónito ante la poca importancia que se daba su propio padre, por lo que le dijo:

—Pero ¿tú sabes qué y quién has sido? ¿Tú sabes la trascendencia que puedes tener?

—Más o menos lo intuyo porque se os han escapado cosas y porque, por desgracia, empiezo más o menos a recordar. Pero opino igual que cuando me rescataron. ¡Que le den morcillas a todo eso! ¡Yo solo intentaba salir vivo de allí! ¡Cada día podía ser el día de mi funeral! Eso es una ansiedad horrorosa. Supongo que es por eso que simplemente no deseo ni puedo acordarme de semejantes tragos, que no se los desearía ni a mis enemigos.

—Pero, papá, te podrían reconocer muchas cosas…

—No voy a vivir de reconocimientos, voy a vivir de la felicidad y de la realización de los míos. Lo demás es un puro juego de violencia y miseria. Vamos a ver, te voy a poner un ejemplo: si a ti te persiguiese la mafia siciliana durante años y te vieses obligado a huir y a quitarle la vida a seres humanos para que no te la quiten a ti, pon que durante mucho tiempo, durante años, ¿qué sentirías? Que querrías que se acabe ese infierno y punto. Dime, ¿verdad que sentirías eso? ¿Ganarías algo con un reconocimiento? ¿Recuperarías años de ansiedad y muerte de tus semejantes? Nunca, jamás… La guerra no hace grande a nadie, Carlos.

Tras un rato de reflexión y de mesarse la barba de progre que Carlos tenía como emblema del tipo de abogado que quería ser, tuvo que plegarse a la evidencia que le presentaba su padre. Era cierto, era una cuestión de supervivencia y no de orgullo. Pensó que él, su padre, se presentó voluntario, pero, al fin y al cabo, era lo mejor que sabía hacer: pilotar aviones. Y si tenía que elegir entre recibir bombas como un ignorante ciudadano o enfrentarse directamente a los que las tiraban, su elección era clara y casi automática. Podía hacerlo y debía hacerlo.

—Perdona, papá. No volveré a hablar sobre el tema. Vamos a vivir con lo que tenemos y esos años no habrán existido.

—Bueno, en realidad sí que han existido. Esta crisis y esta nueva catarsis por el tumor, como ya he dicho, me los están trayendo a la memoria de una manera harto misteriosa, para qué te voy a mentir, pero… seguirán siendo lo que hicieron que me sumiera en ese coma que padecí en Francia, un trauma que nadie debería pasar. Y si me consideráis un héroe, pensad una cosa muy importante: la madera de los héroes es la madera de los supervivientes y solo hice eso, sobrevivir. Como he hecho ahora con mi cáncer. Por eso quizás ha retrotraído los mismos mecanismos que me hicieron sobrevivir aquella vez. ¿Queréis saber más? Creo que te lo he dicho todo. Y, que conste, no es una afición de mi gusto la de tener que diseccionar todo mi pensamiento, todo mi ser, cada vez que me pasa algo más o menos extraordinario. Pero eres mi hijo y no solo te has preocupado por mí, sino que me has aguantado.

Carlos miró a su padre con franqueza, con el alma pura, con la misma mirada que de niño, una mirada entre el agradecimiento y la comprensión. Era suficiente, era todo lo que Antonio necesitaba. Le revolvió el cabello y no tuvieron que explicarse nada más.

# Tras la tormenta

El día que ocurrió aquella tormenta en especial no sería un día de cualquier tormenta normal. Tampoco sería un día parecido a aquellos en los que se anunciaba un evento astronómico de los que hacen salir a la calle para su visión, porque no habría prácticamente previsión para lo que iba a ocurrir. Aunque lo que tendría que ocurrir se vería precedido por recurrentes, increíbles y extendidas auroras boreales y australes con sus respectivas eyecciones de masa coronal solar, la subsiguiente catástrofe tendría lugar de improviso, de manera pavorosa, por lo que no hubiese invitado a nadie  a tomárselo como un espectáculo si se hubieran conocido las consecuencias. El sol, nuestra inefable estrella, había entrado en uno de sus inexorables ciclos, uno de esos eventos que forzosamente tienen que ocurrir, pero que ignoramos obstinadamente con la táctica del avestruz. El final de ese ciclo lo marcaría el astro con una tormenta de radiaciones, una tormenta electrónica y un calor fuera de lo normal. Ya había pasado en otras ocasiones en la Tierra, pero paradójicamente, a pesar de nuestros avances y nuestra superciencia, nos habíamos vuelto mucho más frágiles. Ya pasó en 1859 con el denominado efecto Carrington, pero entonces ni el desarrollo ni la sociedad en sí dependían realmente de la energía eléctrica ni, por supuesto, se dependía para nada de objetos electrónicos. Y seguramente fuera posible que hubiese sucedido otras veces anteriormente, cuando algo más de calor y radiaciones ultravioleta sobre la humanidad no tendría ningún significado ante los miles de muertos de las matanzas por guerras, por religión, por plagas o por hambrunas. Antes, apabullados, sacrificados, amontonados, podíamos sobrevivir mejor como especie. Ahora, interconectados, dependientes, vinculados y subordinados, parecíamos destinados a desaparecer aunque fuese por un suicidio masivo ante el colapso que nos podía suponer el silencio de nuestros iPad, nuestros portátiles y nuestros móviles. Sea como fuera, el desastre eventualmente generado nos podría dejar en muy mala situación a todos. No funcionarían los arranques de los coches ni los teléfonos ni ningún aparato electrónico, incluyendo los sistemas de navegación de los miles de aviones que estaban en vuelo. No funcionaría nada. Solo podría funcionar la voluntad de los seres humanos, que debería abrirse paso por entre el caos de los primeros días. Cuántas muertes, cuántos terribles accidentes, cuánta impotencia. La humanidad debería recurrir a lo más primigenio, volver de nuevo a los caballos, a teas y antorchas. Si acaso el gas podría funcionar, pero su distribución, al depender de sistemas electrónicos, no quedaría diseminada entre la población que lo podría necesitar. ¿Qué podría hacer la voluntad humana ante eso? De entrada querría, sobre todo, salir de ese atolladero, seguir viviendo, seguir adelante aunque fuese por los demás o por simple egoísmo. La motivación ya no sería demasiado importante, sino los hechos finales. Al fin y al cabo, altruistas y egoístas deberían ponerse de acuerdo para cualquier cosa, por pequeña que fuera. Destruidas las relaciones artificiales, las relaciones impositivas, las de apariencia, debían generarse nuevas relaciones basadas en una confianza verdadera que exige la supervivencia.

A los pocos días se iba a ir demostrando a pequeña escala que los saqueadores y pillos tendrían la oposición de nacientes ejércitos de ciudadanos voluntariosos que sabrían cooperar. Pero nada sería inmediato; todo necesitaría un tiempo más prolongado, a la velocidad del caballo, a pie o en barco de vela, mientras, por esa limitación, la iniquidad más terrible podría estar conviviendo a unas decenas de kilómetros, allí donde las comunas funcionaban fraternalmente. Nada estaría dicho en ningún sitio, pues nadie iba a saber lo que podría pasar, ya que la información iba a ser una moneda muy preciada y escasa. Pero ¿cómo empezaría? ¿Por qué? Pregunta más propia de alguien que necesitase creer en una voluntad divina o un destino. ¿De dónde vendría? Ningún ciudadano podría hacerse más que conjeturas tras el primer segundo del evento. Ningún ser humano no podría tener más que la visión de su propia vida y la de su entorno, como si viese el mundo a través de una rendija, como si viviese el mundo tal y como se vivía en el pasado, sin interconexión. Esta iba a ser la visión de esta historia que se desarrolla, la visión de un pequeño grupo, de unas pocas personas, desde su enfoque local y minúsculo, empezando desde el principio, desde cero, desde el momento en que se iban a notar todas las consecuencias de la tormenta solar. Por eso mismo, esta gran historia comienza en un pequeño lugar, con una persona en concreto y en un momento dado.

La casa de María Rebollo permanecía a oscuras y cerrada, temerosos en su interior de lo que pudiese ocurrir o hubiese ocurrido ya. Cuando empezó todo, cuando el pulso solar arremetió contra la Tierra, estaba ella despidiendo a Raúl Frías, un amigo suyo, el último en irse de su fiesta de cumpleaños bien entrada ya la noche. Raúl era un muchacho que siempre la había ido pretendiendo y al que, por azar cósmico, por un apagón total y generalizado debido a la tormenta solar, ella no se vería con arrestos como para echarlo a la calle. Era un amigo, por supuesto, pero no era el mejor a pesar de que hubiera demostrado que la quería. Él, sin embargo, intentaba mantener la calma ante la posibilidad ofrecida por los eventos astronómicos de poder estar a solas con ella durante esa noche. En ese preciso momento se sentían como dos náufragos encontrados en una isla desierta.

En el momento en que pasó todo, todas las luces se fueron de repente, dejándolos en la más absoluta de las tinieblas. Ni siquiera en la calle había una sola farola encendida, nada de nada. María se sintió nerviosa en cuanto se percató de que jamás había vivido un apagón de este estilo. Tras unos pocos segundos iniciales de sorprenderse y exclamar un «joder, lo que faltaba», se pudo dar cuenta de la impenetrable oscuridad y así se lo dijo a Raúl, incrementando su nerviosismo en cada sílaba.

—Oye, esto no es normal. No hay ninguna luz en la calle, ni siquiera luces auxiliares ni leds. No se ve nada. Es muy raro.

—Espera, enciendo el mechero y buscamos una vela. Porque… tienes velas, ¿verdad que sí?

—Sí, sí. Vamos a buscarlas —dijo dirigiéndose hacia el interior, iluminada por la débil luz del mechero de Raúl, mientras se separaba el lacio cabello castaño de sus mejillas.

Afuera se veían por fin algunos puntos de luz, probablemente de algunos vecinos que habían tenido la misma idea que ellos.

Sin embargo, parecían verse reflejos luminosos iridiscentes en medio de las tinieblas, como una especie de caleidoscopio alucinante. ¿Qué sería? Tras encender un par de velas intentaron probar el teléfono, probaron linternas eléctricas y se percataron de que nada eléctrico funcionaba. Raúl no podía con su curiosidad. ¿Qué era esa especie de reflejo en paredes y fachadas? ¿Qué era esa especie de visión cambiante? Salió un momento al balcón y, ante el espectáculo que se le aparecía ante sus ojos, llamó gritando a María y le dijo con un susurro, como si estuviese en un catedral:

—Auroras boreales. —Ambos estaban boquiabiertos, pero de repente se sintieron además muy extraños y mareados.

—Raúl, estoy muy asustada. —Entraron los dos a la casa con el asombro y la admiración de la belleza transformados en terror.

—Me quedo contigo. No te preocupes. —María se percató de quién tenía al lado y le lanzó una mirada inquisitiva, con una retahíla de comentarios inusitadamente envenenados que sorprendieron a Raúl.

—Ya, claro. Te vas a quedar porque no es plan de salir con esta oscuridad. Pero estate tranquilo, que estoy asustada, pero no loca.

—Bueno, bueno. Cálmate un poco, joder. ¡Yo solo pretendía ayudar! —respondió irritado y gritando su amigo Raúl.

—Y de paso ver si me ablandaba, ¿no? ¡A que te vas a la puta calle!

De repente María se percató de lo violentos que se encontraban, de que esa forma de responder a un amigo no era propia de ella y de que Raúl no mostrase su habitual paciencia también era raro. «Aquí pasa algo», pensó repetidamente. Raúl también se percató de que se estaba sintiendo mal.

—Perdóname. No sé por qué, pero me encuentro muy agitado y con dolor de cabeza.

—Bueno, lo que habrá que hacer es esperar a ver qué pasa. Yo me puedo entretener con un libro hasta que se me pasen un poco los nervios, pero tú no sé. Me parece que, para tranquilizarte, como no vayas al lavabo lo tienes claro.

—¡María, por favor! No empecemos. Para de decir gilipolleces, que como yo empiece no paro —respondió con vehemencia Raúl.

—Tienes razón —dijo mientras parecía sujetarse la cabeza en medio de la penumbra de las velas.

María, ya sin decir nada, fue a por algún libro mientras con la otra vela que había encendida Raúl iluminaba una estantería donde repasaba los títulos. Realmente, él no era un gran lector, pero no había otra cosa que hacer.

—Mira, uno de la Segunda Guerra Mundial. A ver si está bien —dijo animado

—Ese se lo dejó mi padre, a ver si se lo devolvía. Pero te lo puedo dejar el tiempo que necesites.

Y se pusieron a leer para buscar algo de calma mientras la luz no volviese. Pero ni la luz ni la actividad urbana ni nada por el estilo. Sin embargo, lo que sí se oía cada vez más era el ruido de cristales rotos, chillidos y golpes. María estaba casi fuera de sí y presa de un pánico creciente.

—¿Pero qué es lo que está pasando? Cada vez estoy más espantada.

—Venga, cálmate. ¿Qué te parece si nos dormimos y esperamos a mañana? Porque son las… —Raúl miró el reloj; se le había parado—. ¿Qué? Mi reloj, parado. Ahora soy yo el que se inquieta.

—Probablemente sea todo una pesadilla y mañana nos levantemos con todo funcionando. Te voy a buscar mantas para dormir en el sofá —añadió María con verdadero ánimo de ayudar y hacerse olvidar lo insoportable que resultaba.

—Claro. Muchas gracias.

En silencio prepararon sus lechos e intentaron dormir. Al menos lo intentarían. A la mañana siguiente lo único que había cambiado era que ahora la luz del día iluminaba todo. Por suerte, era domingo y ninguno de los dos se sentía afectado por la urgencia de atender un trabajo. Salieron a la calle y vieron grupos de vecinos que se reunían, que discutían acaloradamente, puesto que la ciudad entera se había quedado sin luz toda la noche y seguía así. Habían sucedido robos, pillajes, asesinatos, incendios. María y Raúl recorrieron la ciudad, atónitos al ver lo que pasaba y lo que podía llegar a pasar si pasaba otra noche así. De los hospitales sacaban numerosos cadáveres, porque ni siquiera los grupos electrógenos habían funcionado. Nadie se lo explicaba. La policía debía hacer su servicio a caballo y sin poder comunicarse entre unidades. El caos, la desesperación y la muerte irían en aumento los días siguientes. Enormes masas de ciudadanos decidirían huir al campo, donde podrían vivir de la tierra, o llegar a otra ciudad con la esperanza de que algo pudiese funcionar allí. El barrio se iba a quedar prácticamente desierto. Mientras, María y Raúl se habían provisto de lo necesario para poder vivir: alimentos, agua, medicinas y combustible por si hacía frío. En uno de los viajes que hacían para proveerse en los supermercados, ya abiertos a cualquiera, una visión heló a María y se lo dijo a Raúl, que empujaba un carrito lleno de cajas de comida:

—Mira esa niña. Está sola y está llorando.

—Sus padres estarán por ahí cerca —contestó Raúl, intentando concentrarse en lo que hacía para que no le taladrase el desconsolado llanto de la niña.

—A mí no me lo parece. ¿Tú has visto a alguien en alguna parte? Me voy a acercar a preguntarle —añadió María.

Ante la expectativa de demorarse, Raúl emitió un quejido entre los labios. Bueno, al fin y al cabo estaba viviendo con ella. Debía ceder en algo, por lo que a regañadientes la siguió. Al acercarse vieron que la niña, en efecto, lloraba con desesperación. Recogía unas latas que algunos habían desperdigado entre idas y venidas.

—¿Qué te pasa, niña? ¿Dónde están tus padres?

—No sé dónde están —respondió sin dejar de llorar.

La niña estaba blanca y se la veía hambrienta. Su estado conmovía a María y, finalmente, a Raúl, sobre todo cuando se echó a llorar aún más y dijo:

—He de llevarle leche a mi hermanito. Déjenme ir, por favor.

Cuando dijo eso la decisión fue clara: había que acompañar a la niña. Cuando llegaron a la casa de la niña oyeron los gritos de un bebé. María había cuidado algunas veces de algún bebé y sin demora le cambió pañales, lo bañó con agua de garrafa, le preparó un biberón y lo arrulló para que durmiera. La niña les explicó que desde que se fueron sus padres no había vuelto a saber de ellos.

—¿Y quién os cuidaba? —le preguntó María con preocupación.

—La canguro, pero cuando nos despertamos esta mañana no había nadie en casa. No venían nuestros papás. —La niña volvió a llorar.

—No me lo puedo creer —añadió María.

María se giró hacia Raúl, que había venido con el carrito hasta el piso donde vivían los niños. Le habló con la mirada, algo que nunca había hecho desde que lo conocía. Raúl se sintió implicado y atraído por esa expresión de complicidad y de auxilio. También se sintió necesario por primera vez desde la semana que hacía que estaban juntos por este accidente cósmico. Raúl dijo lo que María esperaba:

—Nos llevamos a los niños. Ahora mismo. Si es necesario haremos más viajes para llevarnos todo lo que necesiten. En realidad, en todo el edificio solo estamos nosotros.

—¿Y cómo accedes a los otros pisos?

—Ya te lo dije en una ocasión —respondió con cierto hartazgo Raúl por los escrúpulos de María.

—Cómo odio que hagas esas cosas —añadió María.

—Pero bien que cogemos lo que cogemos. Y bien que te va que abra y accedamos a otros espacios. No me vengas ahora con esas. Además, ahora es necesario que hagamos esto por los niños. Ahora sí es verdad que el fin justifica los medios.

A Raúl se le mezclaron las ideas de trasgresión, de romper normas y ataduras de una sociedad que, según él, le había condenado al fracaso, con las ganas de ayudar, de sentirse protector y esencial para los proyectos de María y el cuidado de los niños. Se sentía como una especie de Robin Hood y además en beneficio de los seres más inocentes, los niños. No dijo nada más; le dijo a la niña que preparase el carrito para llevar a su hermanito y amontonaron sus cosas para llevarlas a la casa que ocupaban. Partieron todos sin poner ninguna objeción. Raúl hizo lo que tuvo que hacer y accedieron al piso de arriba. Ahora tenían mucho más espacio para todos: María, él, los niños y todo lo que habían acarreado y almacenado.

Mientras, lejos, se libraban combates entre aquellos que no sabían más que imponerse y los que querían vivir por fin en paz como seres humanos. Era todo realmente confuso: ciertas personas habían visto claro que debían ser el núcleo de un renacer y tuvieron prácticamente que formar ejércitos para defenderse de otros que se dedicaban a intentar recuperar el mundo que acababan de perder aunque fuera depredando. En medio estaban las gentes como Raúl y María, que simplemente querían proteger lo más indefenso ante los demás y ante ese accidente del cosmos. Aunque nadie tampoco podía tener una idea muy clara de cómo podría haber pasado todo.

Pasaron varios días y, entre la gente que iba contando lo que sabía y de lo que en breves excursiones podían enterarse, compusieron una teoría sobre lo que había ocurrido y sobre lo que podía acarrear como consecuencia. Llegaron a la conclusión, tras hablar con algunos que ya lo habían estudiado, de que había ocurrido una eyección de masa de la corona solar devastadora para el campo magnético terrestre, un evento ya predicho por los mayas con pasmosa exactitud, seguramente para quien hubiese sabido leerlo. Tal evento había causado la anulación de los sistemas eléctricos humanos de forma similar a como ocurrió en 1859, pero en esa época anterior lo único que fue afectado fue el telégrafo y los experimentos científicos de los que empezaban a estudiar el electromagnetismo. Pero en esta época, en la que prácticamente todo dependía de la electricidad y la electrónica, el caos fue absoluto. ¿Cuánto duraría? Quién sabe. ¿Qué consecuencias tendría? Imposibles de predecir. Con esas premisas algo preocupante pasó por la cabeza de Raúl: «¿Y las centrales nucleares? ¿Y los sistemas de armamento bajo control electrónico?». Teóricamente, las nucleares ante la falta de red eléctrica se desconectan automáticamente, pero ¿y después? La expectativa era aterradora, pero no se podía saber si habría radiaciones porque ni siquiera los contadores Geiger podían funcionar. Pero Raúl, que era ingeniero y sus conocimientos en ondas eran más o menos expertos por su trabajo, tenía un método para saber si podría haber una fuente de radiaciones. Buscó en los hospitales films de revelado para rayos X. Después de una conveniente y cuidadosa estrategia de análisis, los reveló y los comparó. Nada. Nada parecía haber irradiado de más sobre los films. De todas maneras, a pesar de respirar hondo y tranquilo, todo seguía siendo un misterio. Era un misterio la visión de algunas columnas de denso humo que aparecían más allá de la ciudad; era un misterio cómo se habían organizado de bien algunos grupos de vecinos sin tener ningún roce ni pelea y que tanto a ellos como a estos grupos ningún saqueador los hubiese tocado; era un misterio que algunas tuberías aún llevasen agua y otras estuviesen secas hacía días. Si querían averiguar algo, lo tenían que hacer por excursiones a pie o por lo que supieran de rebote de los vecinos más cercanos.

Mientras tanto, María había recogido a dos niños más que se había encontrado, dos hermanitos que vagaban por la calle y que, a pesar de que lo hacían antes del desastre, aceptaron de buena gana cambiar por fin de vida y ser unos niños normales. Sus padres habían perecido en un accidente de tráfico por fallo electrónico. Los casos posibles de huérfanos, las muertes de padres y madres que se habrían producido torturaban la imaginación de María. Finalmente, decidió que sería ella, con la ayuda de Raúl, quien iría a buscar más niños perdidos. Tras un mes de búsquedas, doce niños más engrosaron la casa-guardería, que se hizo famosa en la ciudad semidesierta. Demasiado famosa, pensaba Raúl, por lo que él empezó a tomar medidas de seguridad a escondidas de María. Un día María, buscando en casa un destornillador para montar la cuna de un bebé, tocó un objeto negro, duro, metálico, demasiado grande para ser una herramienta. Lo fue sacando poco a poco; era un arma, un subfusil. María se horrorizó y lentamente, como si fuese un áspid del cual haya que alejarse lentamente para que no le muerda a uno, dejó el arma temiendo que se disparase por sí sola. Cuando Raúl volvió de proveerse, María le habló sin mirarle mientras se ocupaba de preparar una papilla:

—¡Hola! Cuando puedas tenemos que hablar.

—Puedo ahora si te va bien a ti. —María levantó la mirada.

—Claro que sí. Guardo esta papilla en un momento. Pero mientras vas a pensar si me estás escondiendo algo que debería saber. —Raúl se quedó perplejo.

—¿Crees que yo te puedo esconder algo? ¿Por qué? Además, si yo escondiese algo personal, ¿qué importancia tendría? Tú y yo no somos ni pareja.

—Algo que tenga que ver con la seguridad de los niños —respondió asertivamente María.

—¿El qué? ¡Caramba! —respondió Raúl molesto. María estaba harta de evasivas y le respondió gritando.

—¿Me vas a decir por qué tienes un arma en el cuarto de los trastos?

—Es obvio. ¿No te das cuenta de que hay asesinos, salteadores y violadores rondando por la ciudad? ¿Quién crees que ha matado a los padres de algunos de estos niños? —dijo Raúl, nervioso pero enérgico.

—Pero un arma así se puede disparar. Los niños la pueden encontrar —respondió María con más energía si cabía.

—¿Con la puerta cerrada con llave? —cuestionó Raúl elevando el tono de voz cada vez más.

—Tenemos niños de doce años. La pueden abrir o se nos puede quedar abierta a nosotros. ¿A quién no le puede pasar? Pero dime una cosa —María se tomó un inciso reflexionando sobre una terrible posibilidad—, ¿está cargada?

—Si nos atacasen habría que responder rápido. De todas maneras, las armas tienen un seguro. Ya sabes, si no lo quitas no se disparan así como así —dijo él.

—Dios mío. —María se sentó en la silla de la cocina como si le hubiesen dado un golpe. Raúl reaccionó e intentó darle una solución.

—Puedo descargarlas del todo y esconder cartuchos y cargadores en un lugar más seguro. Pero te advierto: nos va a dejar más desprotegidos y no estamos en un estado de paranoia, sino en una situación de riesgo real. Ya has visto cómo han llegado algunos vecinos heridos del «frente», un frente que no es nada fijo. ¿Comprendes, María?

—Me es igual el frente donde esté, ¿de acuerdo? Por favor, guarda esa cosa. Y, por favor, descargada en tu cuarto o donde tú la tengas bajo control —concluyó ella.

Raúl tuvo que transigir. Ahora se encontraban más desprotegidos, puesto que no disponían de una capacidad de respuesta inmediata. Él esperaba que no pasase nunca nada. Si fuese el caso, ahora no sabría con qué rapidez actuaría para buscar munición y armas por separado. Sonaba muy mal, casi le sonaba a fascista, pero era cierto que de alguna manera debían protegerse y defenderse con las mejores armas posibles, puesto que muchas noches se oían tiros, gritos, carreras, además de verse algunos incendios. En realidad, una quinta parte de la ciudad estaba ya calcinada por incendios accidentales o provocados y otros lugares eran verdaderos campos de batalla. De vez en cuando veían milicias, compuestas de vecinos que conocían, de ciudadanos corrientes que marchaban en pelotón a defenderse contra lo que les habían dicho que era un ejército de saqueadores. A veces a algunos de ellos se les veía volver de una supuesta batalla, incluso con heridos de cierta gravedad. En seguida se metían en sus casas o iban a los hospitales y no había oportunidad de preguntarles quién ganaba esa supuesta guerra. Probablemente, no les fuese mal del todo, puesto que muchos de esos ciudadanos se reincorporaban a nuevos pelotones hacia la lucha. Pero Raúl y María vivían en una especie de limbo, continuamente atareados en ocuparse de los niños. No había otra cosa, toda su filosofía era esa. Casi no recordaban ni quiénes eran. Se derrengaban de trabajar y se morían de frío en ese invierno sin electricidad, yendo a buscar madera que quemar. Ese esfuerzo valía la pena, pues los niños salían adelante. Llevaban cuatro meses así cuando un día, seguramente por algún resquicio de ese hipotético frente contra los saqueadores, se colaron grupos de maleantes. Algunos de ellos no podían (no querían) atentar contra ese lugar lleno de criaturas inocentes. Muchos se pusieron de acuerdo en que dejarían en paz a los chiquillos. María y Raúl habían creado sin saberlo una coraza hecha con la imagen de los niños. Pero no todos iban a tener el corazón tan tierno. Sería cuestión de tiempo que los atacasen. Y así sería. Ya entrada la primavera, de entre el goteo de grupos que iban pasando, huyendo del empuje de la milicia ciudadana, se coló uno de verdaderos desalmados y estos se llegarían a fijar como objetivo el próspero huerto que habían cultivado delante de la casa de María. Asaltaron la casa así, sin más miramientos, y a tiros saltaron los cerrojos. Entraron en tromba y fueron recibidos por el espanto y los chillidos del tropel de niños que había en los tres pisos ocupados. Los niños no oponían resistencia alguna. Los saqueadores titubeaban en sus acciones; no podían patear a un niño que se aferra a su osito de peluche como si fuera un adulto que se resiste a ser desvalijado. Los agruparon y los amenazaron innecesariamente con sus revólveres y escopetas. Mientras, los dos adultos que los custodiaban, que aún no habían sido capturados, discutían a gritos en el último piso.

—¡No cojas el arma! ¡No hagas locuras! Nos pueden matar.

—Pero si nos pueden matar igualmente. ¡Al menos defendámonos!

—No sabes si nos van a matar. A lo mejor solo quieren nuestras cosas. Lo más importante es salvar las vidas. Si apareces con un arma, entonces sí que nos dispararán. —Raúl estaba con su arma en la mano, ajustando el cargador sin hacer caso a María, mientras desde el piso de abajo subían los bandidos, preguntando a voces si había alguien más. María forcejeaba con Raúl para que dejara lo que tenía entre manos—. Y ahora mismo no quiero, no quiero… —Lo miró en tono suplicante—. No quiero que te pase nada a ti —le dijo mirándolo a los ojos.

Raúl guardó el arma en un armario, miró también fijamente a María y bajó el primero, gritando.

—¡No disparen, por favor! Vamos desarmados. Aquí solo cuidamos de los niños.

—Baja, cabronazo. Te voy a dar cuidados —le dijo el bandido.

Se oyó cómo pegaban a Raúl. Mientras, María, vacilante y aterrorizada, bajaba tras él. En cuanto salió a la luz del patio de la entrada, donde los niños estaban apiñados, con los bebés en los brazos de los más grandes, María se postró para suplicar a los malhechores que eran solo niños, que no les hiciesen nada. Raúl estaba en el suelo con la cara llena de hematomas, sangrando por boca y nariz. María estuvo a punto de pegar un grito al verle, pero debía hacer algo para calmarse, para salir airosos de esa situación y para conseguir el objetivo final: salvar a los niños. Parecía que las insinuaciones de los bandidos le indicaron la manera.

—Caramba, qué pedazo de mujer. Aquí parece que estáis mejor alimentados, no como las esmirriadas de nuestro lado —dijo uno de ellos.

—Es verdad que está de buen ver, colegas —dijo el que parecía ser el jefe—. Pero antes vamos a lo que vamos. ¿Dónde está la despensa? ¿Dónde tenéis gasolina? —añadió.

—¿Gasolina? Pero si no funcionan los encendidos de los coches —balbuceó Raúl, aún consciente a pesar de la paliza.

—Este tío vive en la inopia. Jiménez, dale otra hostia para que se calle.

El pobre Raúl recibió un culatazo que le abrió una brecha en la cabeza. No muy grave, pero sí sangrante. Lo suficientemente espectacular para que María, azorada, interviniese.

—¡Basta, por favor! Os daremos lo que queráis.

—¿Todo lo que queramos? —le preguntó el jefe de la pandilla con un tono de lascivia insultante.

María, titubeante, miró a Raúl tendido, aguantándose la hemorragia con las manos, medio aturdido en el suelo; miró a los niños, empujados contra una pared, gimiendo de terror, algunos con los camisones y pijamas meados. Miró de nuevo al bandido y le dijo:

—Te daré lo que haga falta. Os daré las existencias y lo que me pidas a mí.

—Eso está muy bien —dio como respuesta autocomplaciente el líder de los bandidos. La joven sacó de la despensa cajas de latas, deshidratados, verduras aún en buen estado, tarros variados... De todo—. Ahora te subirás conmigo.

—No —balbuceó Raúl, algo más recuperado.

—Lleváoslo atrás y matadlo —sentenció el jefe en tono chulesco y despreciativo.

—¿Y los niños? —preguntó el subalterno.

El jefe se acercó al que respondió y le puso el brazo por encima de su hombro para comentarle en un tono peligrosamente amistoso y en voz baja cuál era su plan.

—Mira, tío, ni a la piba ni a los críos hay que tocarles un pelo. Son el seguro de que aquí siempre habrá botín. Mira, ¿tú matarías a todos los niños?

—Pues... pues creo que me costaría.

—¿Lo ves, figura? Son un seguro. Esta tía y quien le eche una mano harán lo imposible por rellenar la despensa. Hasta los vecinos, que son gente legal, les darían lo que tuviesen por eso mismo, por los niños. Y eso sería nuestro botín de la siguiente estación. ¿Me captas? —El bandido asintió—. Además, a ella la vendríamos a visitar a menudo. Eso es otra ventaja, ¿a que sí? —El socio sonrió con placer y en tono cómplice volvió a asentir a su jefe—. Bueno, ahora voy a por la chica.

El bandido la cogió del brazo y entró en la casa. Los demás se quedaron embobados mirándolos. Mientras, a Raúl lo tenía agarrado otro de los asaltantes para llevárselo arrastrando y poder matarlo oculto a las miradas de los niños, según instrucciones del jefe, no fuera que encima por esa impresión echasen a correr. Desaparecieron tras la esquina izquierda de la casa. Esa fue la última escena que vieron en su vida los cinco malhechores que se quedaron vigilando a los niños, pues cinco tiros certeros de origen desconocido atravesaron sus cráneos, echando lenguas de sangre por la salida del proyectil. El bandido que debía ejecutar a Raúl se volvió en auxilio de sus amigos, dejando a su víctima en el suelo, pero Raúl no estaba ni mucho menos tan mal como hizo pensar a los saqueadores. Reaccionó de repente y cogió a su verdugo desprevenido, agarrándolo por una pierna y haciéndolo caer. En seguida Raúl le arrebató el arma y le descargó un tiro en el pecho. Pero antes de precipitarse hacia el patio donde estaban los niños pensó aproximarse con cuidado, explorando la situación desde la esquina. Aún contaba con la sorpresa. Los niños seguían aún arramblados en la misma pared, sin dejar de tener miedo, mientras el líder de los bandidos, que salía de la casa, les gritaba que callasen.

—¡¡A callar o la mato!!

Rabioso, el jefe de la banda (ahora era el único superviviente), que salía del portal de la casa reteniendo a María mientras le apuntaba en la cabeza con su revólver, se dirigió al aire:

—Los que estáis escondidos no intentéis nada o la mato a ella y a cuantos críos pueda.

«Aún no me ha visto», pensó Raúl, permaneciendo oculto e inadvertido en la esquina desde la que se asomaba, a menos de diez metros. Lo suficiente para no errar un disparo sobre él. Se preparó el fusil, afinó la puntería e iba a apretar el gatillo cuando fue visto por los niños, que le señalaron con alegría. El bandido se percató y volvió la mirada hacia la esquina donde estaba Raúl, apuntándole con su arma. El bandido intentó disparar al joven, pero Raúl ya lo tenía en el objetivo. A pesar del despiste inicial por los niños, que le habían delatado sin querer, Raúl volvió a fijar su pupila en el punto de mira y automáticamente apretó el gatillo. Al malhechor le estalló el globo ocular e inmediatamente se derrumbó inanimado. María se desembarazó del cadáver y se dirigió hacia Raúl, al que abrazó y besó como si hubiesen sido novios toda la vida. Él no desaprovechó el momento de mostrarle su amor de siempre a pesar de los terribles dolores, incluyendo el roce de la bala que tuvo tiempo de disparar el enemigo al que acababa de abatir. Para colmo, vinieron los niños en masa, abrazando, llorando y uniéndose al festejo de la salvación de sus vidas. Raúl sucumbió desmayado ante tanta magulladura y presión sobre su malherido cuerpo. Aquel momento tan fugaz representaría su improvisada boda. Desde entonces estarían unidos para siempre en un amor que se demostraría cada día. Entre tanto, salieron de su escondite los francotiradores que habían acabado con los cinco bellacos restantes, salvándolos a todos. Se dirigió hacia ellos el líder, que comandaba un grupo de quince hombres y mujeres. Iban con diversos uniformes de camuflaje, mochilas, boinas, ametralladoras, cananas y hasta un lanzagranadas. Saludó a María tendiéndole la mano.

—Me llamo Julio y este es mi grupo. No podía dejar que os hicieran lo que pretendían.

—Muchas gracias, Julio. —Le devolvió el saludo tendiendo la mano.

—No las merecemos. Ahora creo que lo mejor es que estos niños encuentren un poco de paz y a algunos de ellos que los cambien —respondió el bondadoso líder.

Los niños se adaptaron fácilmente al cambio de emociones. Se sentían salvados y ahora lo mejor era encender un buen fuego para hacer un chocolate caliente y pastas. Aquellos guerrilleros serían los invitados agasajados a la vez que algunos de ellos, expertos sanitarios, curaban a Raúl a base de sutura y desinfección de heridas sin anestesia. Tras reponerse todos un poco, el líder les dijo:

—Bueno, pues… Siento mucho lo que os ha ocurrido, pero… es que nosotros veníamos a más o menos lo mismo. Por suerte, aún no habéis metido en el almacén las cajas con los víveres y así podremos llevarnos lo que necesitamos.

—¿Qué? —exclamó asombrada la pareja al unísono.

—Nos persigue vuestra milicia y apenas hemos comido en dos días. No os vamos a dejar sin nada; nos llevaremos solo lo que nos haga falta. Además, os hemos salvado la vida, tenedlo en cuenta —añadió Julio con tranquilidad.

Raúl miró a ver si tenía un arma a mano, pero nada más girarse le dolió todo y, por supuesto, habían tomado precauciones y no habían sido tan tontos como para dejarle nada peligroso al alcance. Finalmente, y con cierta tristeza, les tuvieron que ceder una parte de su despensa. No llegó ni a la mitad de lo que se hubieran llevado los anteriores, pero les supondría una inseguridad fastidiosa en las circunstancias en las que debían vivir.

—Lo siento mucho, creedme. Si os sirve de consuelo, creo que no nos volveréis a ver, puesto que si la milicia no acaba con nosotros sí que conseguirá echarnos de la ciudad.

Desaparecieron con rapidez, llevándose un botín que les permitiría vivir durante otras dos o tres semanas. Tampoco esperaban necesitar más para resolver su situación aunque fuese de forma fatal. Al día siguiente la milicia, formada en parte por vecinos de ese barrio, pasaba por allí en persecución de esos bandidos huidos. La milicia no necesitaba saquear allí donde estuviera; era un ejército soportado por las familias de sus componentes, por una organización asamblearia que mostraba una eficacísima motivación en todos sus aspectos. Pero se les habían colado en su frente varios grupos de malhechores. En seguida resolverían el tema. La milicia era uno solo de los exponentes del movimiento de autoorganización que surgió tras el pulso electromagnético. Las asambleas de ciudadanos habían organizado transporte, comunicación, recursos, educación, todos los aspectos de la vida, saliendo de la barbarie. Todo esto sin enterarse ni María ni Raúl. Pero, a la inversa, la milicia sí que conocía la labor de Raúl y María, a los cuales no solo les restituyeron la cantidad de víveres arrebatada, sino que además les aseguraron una protección permanente.

Al cabo de unos días les llegaron decenas de niños hambrientos, heridos, desarrapados; niños que habían sobrevivido a los combates, que se quedaron en la zona más depredadora de la ciudad. Las milicias ciudadanas debían avanzar y, conociendo el lugar de María y Raúl, dejaron allí a aquellos niños. Ahora necesitarían más ayuda, además de la de los más grandes, que los había ya de trece años. Necesitarían de la ayuda de algún adulto que llevase a cabo curas infantiles. Por ese motivo la milicia les asignó un pediatra y una enfermera, el doctor Hueso y la enfermera Salazar, de origen boliviano. El médico se dirigió a los dos héroes:

—Lo que han hecho es encomiable y merecen toda la ayuda posible. Es más, son un ejemplo para la sociedad que empieza a renacer.

—Gracias, doctor.

El médico observó las ojeras y el aspecto estresado de María y echó un vistazo al aún magullado Raúl.

—No obstante, aun siendo pediatra, a ustedes les echaré también un vistazo, que no están para tirar cohetes.

Cuando Raúl y María presentaron al poco alegre doctor Hueso a la población infantil, la carcajada fue generalizada. El contraste que daba el tono meloso de la enfermera Salazar hacía el conjunto más cómico.

—Bueno, al menos esas risas indican salud —dijo el facultativo.

Y era cierto que su semblante narigudo, siempre serio e imperturbable tras sus gafas de pasta, era motivo de risa para los niños. Curiosamente, él se lo tomaba bien y para aderezarlo explicaba los chistes más divertidos con la misma gracia con la que explicaba un diagnóstico. En una semana empezaron a montar un hospital infantil. Habían traído material, hormigoneras, taladradoras y grupos electrógenos alimentados con gasóleo que sorprendentemente… funcionaban. Raúl salió a la calle en cuanto los vio.

—Pero ¿cómo es posible? —balbuceó a los obreros que los transportaban. El doctor Hueso sacó la cabeza por una puerta y se dirigió a él.

—¡Ah, sí! Olvidé decírselo. El pulso solar remitió ya hace varias semanas y algunos grupos electrógenos están en buen estado o reparados. Ya me disculpará.

A Raúl casi le da un colapso. El doctor le atendió, cómo no, de inmediato. Era un síntoma de envejecimiento prematuro, pues aunque la pareja tenían, respectivamente, veintiséis y veintinueve años, esa experiencia les había dado el aspecto de tener cinco más. Sin embargo, la mentalidad de su infancia había renacido en ellos con todas las virtudes al estar cerca de los niños. En su limbo, María y Raúl habían creado sin saberlo un núcleo para una nueva sociedad y una llamada de retorno para todos los que habían huido de la ciudad. No sabían que habían conservado la ternura y el amor de la humanidad, puesto que tanto los que querían hacer un mundo nuevo, como los que querían conservar el antiguo, como los que simplemente querían vivir el momento a costa del saqueo habían escogido un camino cruel y drástico, sin percatarse de lo que les podía pasar a los niños. Para aquellos que tomaron la decisión de combatir por una nueva sociedad no había posibilidad de vuelta atrás y escogieron el camino de la violencia, pero fue gracias a ese gesto que María y Raúl pudieron dedicarse a la conservación de la niñez. Fue gracias a sacrificados defensores que hubo una burbuja de paz en alguna parte, al menos durante algunos momentos.

Al cabo de un tiempo llegaría un momento en que, con ayudantes y más espacio, el hospital albergaría unos mil niños de manera estable, cosa impensable por su simple esfuerzo, pero imposible sin su iniciativa. Sin embargo, los niños itinerantes, perdidos e ilesos que al poco tiempo se reencontraban con sus familias (o lo que quedaba de ellas) llegaron a ser cinco mil. Por esfuerzos ajenos a ellos, los dos cuidadores de niños dispusieron de ratos de corriente eléctrica. Al parecer, la vida volvía a tomar su pulso. Con los vehículos en marcha, los movimientos fueron más normales y así mismo las búsquedas y los reencuentros. En relación con estas búsquedas, en una ocasión un lujoso todoterreno, que inusitadamente había aguantado todo el trauma global, apareció al final de la calle en la que estaba la guardería de Raúl y María. Bajó de él una pareja, hombre y mujer de mediana edad. Se acercaron a paso rápido, con cierta ansiedad se podía decir, y se dirigieron al guardián de la puerta:

—Venimos en busca de una niña —dijo con aire esperanzado la mujer.

—Aquí hay muchas y, en efecto, es aquí donde vienen si se pierden. Pero pasen, pasen. Pueden preguntar si está en la lista y hablar con Raúl y María.

—Entonces existen. No son una leyenda. —El guardián los miró un poco como si tuviese a dos imbéciles delante y les contestó algo airado.

—Pues claro que existen, faltaría más. Siempre ha habido gente buena por mucho que les pese a... —El guardia calló porque no quería irse por las ramas y les indicó con la mano que lo siguieran. Viendo su forma de vestir y el coche en el que venían, les había tomado cierta repulsión, pero tampoco quería enzarzarse en una disputa. Les llevó ante un hombre que tenía un ordenador portátil enfrente de una mesita, justo en la entrada del edificio. Un ordenador que funcionaba a ratos, pero que era necesario para conservar la organización. El guardián relató la petición de los señores y el hombre del ordenador en seguida les dijo que la niña estaba allí, provocando una respuesta de alegría en los padres. Les invitó a esperar en una sala. Al cabo de un momento que les consumió de impaciencia, aparecieron Raúl y María y les saludaron calurosamente.

—Buenos días, señor Poveda. Buenos días, señora Sáez. Nos alegramos de que la niña que buscan esté aquí. Pero debemos hacer unas comprobaciones. ¿Les queda algún documento que les identifique? Necesitamos estar seguros, ¿comprenden?

—Sí, sí. Cómo no. Aquí tienen —dijo el padre con aire malhumorado, indicando con un gesto grosero a su pareja que hiciera lo mismo. En cuanto vieron todo correcto prosiguieron.

—Esto está realmente bien. Ahora, si nos permiten, les haremos una identificación del grupo sanguíneo, que es lo único que por de pronto puede hacerse. Luego el doctor Hueso tendrá una breve entrevista con ustedes.

—Esto es el colmo. —María se volvió y miró desafiante a aquel hombre.

—Nos ha costado mucho salvar a estos niños. ¿Quiere que le cuente cuántos niños han querido ser recogidos por proxenetas que se han hecho pasar por familiares suyos? Su nivel social anterior al pulso no nos importa para nada. Van a pasar por el mismo filtro que todo el mundo.

El hombre no tuvo más remedio que callarse y pasar todos los procesos de criba, que felizmente superaron. Pero a Raúl y María les quedaba una duda: ¿por qué esos padres se separaron de su hija durante más de seis meses? No les habían hablado de otros hermanos que cuidar ni de cuál fue el motivo real de la separación. En cualquier caso, la prueba final para llevársela sería el reencuentro con su hija, que se produciría ya por la tarde. La niña, de ocho años, fue conducida ante sus padres y nada más verlos su reacción, al contrario de lo que había mostrado en toda su estancia en la casa, fue de retraimiento y timidez. Los padres, con una efusiva alegría, la recibieron con los brazos abiertos. El padre se detuvo y en ese momento le dijo a Raúl:

—Merecen que les recompensen.

—Esta es la recompensa —respondió, señalando con suavidad a la niña.

—Ya, eso está bien, pero quiero decir… Yo tengo… Tenía influencias. Y les podría proponer para un premio.

—Señor, le espera su hija. De todas maneras, ahora las cosas ya no funcionan así —le respondió Raúl, claramente en contra de aquel hombre.

La niña no respondía para nada a las caricias y sonrisas de los padres. A estos, por otra parte, parecía darles igual la cara de pena que ponía su hija. Raúl, María y el doctor Hueso, que estaban allí, miraban la escena con gravedad. Entonces María preguntó con incisión:

—¿Cómo perdieron a su hija? ¿Cómo se separaron de ella?

—Pero ¿eso qué importa ahora? —respondió la madre.

—Importa mucho, señora.

María se llevó a la niña a una sala, donde las dos hablaron con mucha calma, y al cabo de un momento volvió hecha una furia con la verdad en su boca.

—¿Por qué abandonaron a su hija?

—¿Cómo se atreve? —respondió el padre.

—Por supuesto que me voy a atrever. Esta niña no sale de aquí para ir a las manos de unos desaprensivos que la quieren por capricho, como si fuese una mascotita.

—La llevaré a juicio —exclamó el padre.

Esa escena era observada y escuchada en silencio desde el umbral de la puerta a otra habitación por uno de los coordinadores de la milicia, que en cuanto oyó eso se acercó tranquilamente para dirigirse al padre.

—Buenas tardes, señor…

—Poveda —respondió con insolencia el padre.

—Eso es, Poveda. Como ya le dijo Raúl, nunca más las cosas van a funcionar como antes y usted no podrá pagar a un buen abogado ni untar a un juez. Se decidirá en asamblea por las partes competentes cuál es el mejor camino para la niña. Contando con su testimonio, claro está. Pero mucho me temo que el camino previo de su corta vida, que la ha llevado a ser una niña abandonada, ha sido el más nefasto, puesto que si no llega a ser por Raúl y María esa niña estaría muerta.

—Ya le hemos dicho que lo agradecemos y que estamos dispuestos a pagar… —insistió el padre, sacándose incluso una billetera bien abultada.

—No, no, señor Poveda. No me ha entendido. Nada funciona ni va a funcionar como antes. Usted, antes de pagar nada, debería haber tenido la responsabilidad y el cuidado que se merecía su hija. ¡Vamos! A ver si es capaz de explicarme coherentemente cómo perdió a su hija. Esa será la condición si quiere llevársela. Si dice la verdad, ¿qué miedo debería tener entonces? Y de esta manera, ya ve usted, un ahorro para todos, prescindiendo de técnicos mercenarios, esos que usted llamaba abogados. Créame, sé de lo que le hablo. Yo fui, y si quiere aún puedo seguir siendo… un juez.

La sonrisa irónica del líder fue el golpe final para ese mal padre. El juez lo sabía todo porque a María la niña le había dicho que la habían abandonado sus padres en su casa de las afueras de la ciudad y esta se lo dijo a él. Aquella familia tenía caballos, pero solo dos. Así, sus papás se fueron de allí galopando a otra casa en pleno campo, dejándola con comida hasta que pasase todo. No lo había dicho antes porque la niña había generado un sentimiento de auto-culpabilidad. El padre miraba a todos con nerviosismo, sin llegar a decir nada. La madre lloraba o sollozaba con alguna intención teatral y al final dijo esta:

—Es que la niña nos daba tantos problemas…

—Váyanse ahora mismo los dos de aquí —respondió con contundencia María.

—Esto no quedará así —respondió el padre.

—Por supuesto que no quedará así. Les vigilaremos —dijo el exjuez. El padre se volvió asustado, con los ojos muy abiertos. Entonces el exjuez se le acercó y le hizo una advertencia—. De todas maneras, y como aún no funcionan del todo bien las comunicaciones, le voy a dar un claro mensaje para los de su clase y para que lo difunda entre sus pares. Ustedes (sí, ustedes, los que siempre han influenciado este mundo, jugando con la política y con la ley, con la dignidad humana y hasta con la vida de los demás) habían creado un mundo para el que se lo podía pagar. En resumen, para adultos con éxito. Un mundo de excesos y desgaste cuando, en realidad, una sociedad debe cubrir las necesidades de todos, teniendo como referencia a los más débiles y desamparados. —El líder extendió un dedo en alto al querer responder el padre y prosiguió—. No me lo discuta, señor, que eso es la base teórica de los sistemas legales y su iglesia. Y digo teórica por desgracia. Pues bien, Raúl y María nos han dado a todos una lección porque han construido una sociedad en torno a esos débiles y necesitados que siempre han estado allí: los niños. Ahora nada podrá cambiar eso. Porque ahora será una sociedad justa y nunca más volverá a ser la que gente como usted creó.

En las últimas frases había cogido al padre por las solapas y en ese momento lo soltó con desprecio. El hombre se fue aturdido, tropezando con todo lo que encontraba, seguido de su mujer, a la que ya le era imposible llorar, porque en realidad no se llora de vergüenza cuando está por encima del amor a un hijo. Raúl y María se quedaron muy sorprendidos por todo lo que había ocurrido. Pero, sobre todo, quedaron atónitos de lo que significaba lo que habían hecho, encontrándolo, no obstante, como lo más natural del mundo. El exjuez, al que conocían como Paco, les dijo:

—En este año de conmoción, en el que se preveía un cambio de la conciencia planetaria, no habíamos querido reconocer lo que debíamos cambiar. Sabemos que ahora tenemos conciencia real de esas cosas que debían cambiar, quizás a un precio muy alto. Pero en otras personas, como vosotros, no era eso lo que os hacía falta, sino que el mundo os dejase ser realmente como sois y hacer lo que creíais conveniente porque ya la teníais esa conciencia.

—Pero estoy segura de que no somos los únicos. ¿Nadie más en el mundo ha hecho lo que nosotros? —respondió María.

—¿Siendo tan pocos? Solo dos grupos más en el mundo. Y después que vosotros, parece ser. Pero bueno, no vamos a hacer carreras ni a dar premios. El mundo ya es otro.

Solo habían pasado unos diez meses desde que empezó aquello, pero todo había cambiado de forma drástica. Millones de vidas perdidas, miles de valores borrados, toda una sociedad barrida, pero toda una tierra preparada para que un nuevo germen brotase tras la tormenta[2].

FIN

2 Nota del autor: Esta historia fue concebida alrededor de 2014 y escrita sobre 2015-16, luego corregida y pulida posteriormente hasta inicios de 2020, por lo que es mucho anterior a la crisis del coronavirus en España, iniciada a mediados de marzo de ese mismo año. Luego, en ese mismo mes, se procedió a su presentación a la editorial Exlibric. Es decir, no es una obra oportunista con el desgraciado momento, sino más bien una especie de premonición. No obstante, la reflexión y las enseñanzas pueden ser muy paralelas y aplicables.

# Sobre el autor

Nacido en Nyon (Suiza) en 1971, de padres españoles emigrantes y afincado actualmente en Granada, Daniel Sánchez Centellas es profesor de Biología en Educación Secundaria tras haber pasado por una variada carrera científica como Doctor en Bioquímica en distintos países europeos. Completa sus aspiraciones intelectuales y su anhelo desde la infancia de contar historias y por la literatura, publicando unas primeras obras de cuentos por la editorial ExLibric, que compondrán un grupo de cuatro obras, aparte de otras obras con el grupo IC y otras editoriales. Ahora aborda con gran ilusión la tercera obra del grupo de cuentos con El alpinista eventual y otros relatos ascendentes, prometiendo muchas más creaciones a medio y largo término.

www.ingramcontent.com/pod-product-compliance
Lightning Source LLC
LaVergne TN
LVHW041105150826
845673LV00007B/1928

* 9 7 8 8 4 1 8 2 3 0 9 8 1 *